ムーンナイト・ダイバー

月 夜 潜 者

［日］天童荒太 著

不夜山 译

浙江出版联合集团

浙江文艺出版社

MOON NIGHT DIVER by TENDO Arata

ⓒ 2016 TENDO Arata

All rights reserved.

Original Japanese edition published by Bungeishunju Ltd., Japan in 2016.
Chinese (in simplified character only) translation rights in PRC reserved by
Zhejiang Literature and Art Publishing House, under the license granted by
TENDO Arata, Japan arranged with Bungeishunju Ltd., Japan through
Bardon-Chinese Media Agency, Taiwan.

本书中文简体字版版权，浙江文艺出版社独家所有。

版权合同登记号：图字：11-2017-25 号

图书在版编目（CIP）数据

月夜潜者 /（日）天童荒太著；不夜山译. —杭州：浙
江文艺出版社，2018.6
ISBN 978-7-5339-5254-9

Ⅰ.①月… Ⅱ.①天… ②不… Ⅲ.①长篇小说—日
本—现代 Ⅳ.①I313.45

中国版本图书馆 CIP 数据核字（2018）第 060777 号

月夜潜者

作　　者：〔日〕天童荒太
译　　者：不夜山
责任编辑：王盈盈
出版发行：浙江文艺出版社
地　　址：杭州市体育场路 347 号
网　　址：www.zjwycbs.cn
经　　销：浙江省新华书店集团有限公司
印　　刷：浙江海虹彩色印务有限公司
版　　次：2018 年 6 月第 1 版　2018 年 6 月第 1 次印刷
开　　本：787 毫米×1092 毫米　1/32
字　　数：146 千字
印　　张：9.375
插　　页：4
书　　号：ISBN 978-7-5339-5254-9
定　　价：**48.00 元**

第一部

1

阴历十七的夜，海平静得引人入睡。月亮升起，把小镇从幽冥的深底捧了起来。

迟了满月两天，月亮应已有缺，但看上去依旧圆鼓鼓的。今夜晴空无云，月光倾泻，将这并不繁华的小镇，微微照亮。

濑奈舟作开着小型卡车行驶在沿海公路上。路旁人家，灯火稀疏。这固然是因为此时已近夜半，也因为这些房子，很多并没有住人。

道路右手边，沿着海岸线与突堤之间，有一条长长的空地。在这块空地上，零星有些房屋。房屋的建材看上去都是新的，设计也很别致。

墙壁是白色或米黄色，屋檐是映衬大海的蓝色或藏青色，在月光下，也发出幽淡的光。试想，若站在那些房子里推开面向外海的窗，晴天的早上自不必说，即使如今天的月夜，那广阔开放的景色也必定令人赞叹不已。若不知内情，谁都会对住在这里的人心生羡慕。

然而，在海的那一边，这些房子的墙壁、阳台、屋内的柱子、台阶甚至是地基，都遭受巨浪冲涤，已经无法修葺，令人不忍直视。这些房子，已经不能住人了。

这些房子，有的是新房，有的是近年刚建好的。建房的时候，房屋被牢牢固定在混凝土地基上，因此免于被巨浪冲走。周围别的老房子都采用较老式的建法，几乎仅是将房屋搁在地基上，所以几乎在一瞬间便被退潮的巨浪卷到海里去了。这片沿海的街道，如今之所以看上去空空如也，即是这个原因。

残留下来的房子已经不能居住，但它们的主人仍须偿还建房时签下的贷款，且改建或拆迁费用比贷款更贵。因此，灾后四年，这些房子无人过问，一如受灾之时。其中，也有些房主在海啸当时便已不幸离世，而他们的亲友不愿承其负债，所以至今也不知道该如何处理这些房子。

纵贯日本东部的国道上，即使是深夜，往来车辆也络绎不绝。重要地段上，加油站、餐馆、便利店鳞次栉比。灯火通明处，几乎让人不觉得有月光。但是，国道一旁供当地居民使用的海岸公路上，却不见一车一人。

这个小镇未被划入避难指示区，但四年前当地居民暂时离此避难之后，带着小孩的家庭多数选择在避难地落地生根，只有生于斯长于斯的中老年人回来。而那些以捕鱼和水产加工业为生计的人们，因着现实的原因，也逐渐搬离了这里。

虽已入秋，但夏天并没有过去，舟作开着卡车的窗子。然而，听不见人讲话，听不见音乐，听不见任何与日常生活有关的声音。连大海都太平静，听不见半点海浪声。

舟作审慎地开着卡车，速度比最高限速慢了近十千米。虽说今天月光明亮，但街上路灯很少，仅凭卡车的灯光，他担心会注意不到路上的陷坑或者忽然掉落的东西。这个小镇，他小时候放暑假时来过多次。记忆中，街上的路灯比现在要密集得多。估计路灯、电线杆多在那次海啸中被拦腰折断或者连根拔起，到如今，也没有完全复原。

即便如此，尚能通电，总不至于太坏。由此再往北去的海边小镇，至今仍不能通电。居民们只可以暂时回家清理打扫，到了下午四点，必须离开。街道重建的工作人员，傍晚也都离开。只剩万古不易的月光，照着被暗云裹挟的小镇。

卡车驶向一个熟悉的L形弯道，舟作今天要去的渔港，就要到了。

他将卡车速度减到最低，贴着直角般的弯道，大大地转了方向盘。卡车的大灯像探照灯一样，依次照亮了正前方到右前方的视野。

灯光扫过，混凝土的残骸碎块一个一个从茂盛的杂草间浮现出来。这些都是在巨浪中断折的房柱或者崩塌的地基，可见当时激流的蛮横。随处可见断折的钢筋暴露出来，前端弯曲，像枯槁的芒穗一般。一根高约两米的混凝土柱子仍伫立在原地，或许原是房子的顶梁柱，建得坚牢，所以没有断折。另一处，除了连接二楼的楼梯尚在，整个房子已经消失得无影无踪了。这些废墟背后，还有很多至今尚未拆除的房屋残骸。

因地势的原因，涌过来的浪潮很容易在这里汇流成股。据说当时潮水扑来时，浪头远远高过了防波堤。舟作开着卡车行驶的道路右边当时是一片临海住宅区，那里的房子在大浪中几乎瞬间就消失了，徒留一片空地。灾后人们将土垒高加固，打算在上面建一个狭窄的绿地公园。公园尚未竣工，小型挖土机仍停放在垒起的土堆上。

突然，卡车的后轮轧在了一个硬块上，可能是施工时打飞落到路面的石头。后轮很快从硬块上滚过，整个卡车也跟着猛烈颠簸了一下。松浦文平端坐在副驾驶座上抱着胳膊睡觉，脑袋也随之被震得弹起。但作为捕鱼的行家，他早习惯了海上的惊涛骇浪，这点颠簸全然惊醒不了他。

卡车继续慢慢向前行驶，右手边渐渐能看到一处低矮的山岩。开过山岩下的公路，再拐弯绕到它的背面，就到了今天要去的渔港。

这处低矮山岩与稍远的山岩连成一道微微内曲的海岸线，很早以前，人们就在此建了一个渔港。灾难来时，或许是出于地形偶然，山岩此侧的住宅区遭受海啸侵袭，房屋尽毁，很多人不幸离世。而它背面的渔港却并无太大损失，停在里面的渔船也几乎全部安然无事。

由此往北去，很多渔港因为更靠近震源，即便同样是依托海湾而建，也没能从这次的灾难中逃脱。大多被破坏殆尽，渔船也所剩无几。地震过后，有的地基甚至下沉了七八十厘米，至今仍未恢复功用。

然而，与其他并无不同的是，这里的渔港也被禁渔了。

地震引发的核泄漏污染了海水，对海产品产生了极大的影响。随着时间的过去，海水的污染浓度自然降低。而且据文平说，县里的渔业协同组织联合会自主制定了比国家安全标准更严格的检查指标，以保障海产品安全无害。但核事故后，很多人杯弓蛇影，加之政府对很多海产品的销售限制尚未解除，现在除了一些地方的实验性捕捞之外，这里的渔业目前基本处于停顿之中。

舟作出生并赖以谋生的故乡，在离此更北的渔港。那里无论是陆地还是海里，都没有受到核污染，出水的鱼虾依旧行销全国各地。但是地震之后，渔港几乎全部毁坏，至今只有五成得到修复。若想要恢复到渔港全盛时期的海产品产量，恐怕还要很长的时间。

月光把暗夜溶解，渔港透过卡车的前窗玻璃浮现在眼前。靠岸的渔船，渔业协同组织联合会的办事处，仿佛朦胧的剪影，也一一浮现。

在面向渔港中心部的下坡公路前，舟作停下了卡车。由山岩延伸过来的公路边都设有护栏,唯独在这里开了一个三米长的口子,由一个台阶连到沙滩。

舟作拉起手刹,下车站到路上。他身着运动服,脚上穿着袜子,踩着凉鞋。这身装束在白天太热,现在却正好。

不远处的渔港,虽在管理上与舟作所属的渔协有所不同,但据文平说,这里几乎所有的渔夫也都是以沿岸渔业为生计,物流买卖与其他地方大同小异。

若在以往,现在的时间正该是渔港停车场灯火通明、车满为患的时候。除了小型卡车和面包车之外,偶尔会有年轻小伙子炫耀他们的高级轿车。而渔港中心的办事处前,也早该明灯煌煌,职员们或目送已出港的渔船,或催促仍未起锚的渔夫。性急的水鸟,已在卸货场上空飞鸣交替。整个渔港热热闹闹,仿佛过节一般。

但现在,渔港里的人声鸟语,一并悄无。办事处熄灭了灯火,深深沉入暗夜。往昔海平线上摇曳的渔船灯火,现在却一处都看不到了。海风中也没了柴油味,曾经也是渔夫的舟作,此刻倍感凄清。

站在岸边往海上望去,海面如同无垠的草原或者沙漠。一切都不见，唯有投映在海面的粼粼月光，从岸边一直摇漾到水天相交处，告知你这里是大海。

舟作又看了看渔港四周和公路前后，确认无人，这才转头向驾驶室内喊道：

"文平叔，文平叔，我们到了。"

松浦文平今年六十六岁，和舟作的父亲是同级生。平时不觉得，睡着的他眼窝和两颊深陷，颇显老态。可能是老来肌肉松弛了吧。舟作想：倘若父亲还在世，睡着的样子也是这般老了吧。

"文平叔，我们开始吧。"

他又叫了一声，拍了拍文平的肩膀。文平的肩膀略显瘦削，但健硕的肌肉依然无愧于他渔夫的身份。

"健太郎……"文平叫的却是自己儿子的名字。健太郎与舟作同龄，也是四十一岁，两人上小学时就互相认识。其后三十年，关系亲如兄弟。但是灾后再不能捕鱼，健太郎整日无所事事，加之每三个月都有赔偿金汇进来，本来性格温厚的他竟也染上了赌，由此欠下巨款，不容于故乡了。

"是我，我是舟作。我们到渔港了。开始吧！"

　　文平这才睁开眼睛，颇尴尬地望了望四周，伸开他那撒了五十多年网的长满老茧的手，揉了揉因为常年在海上晒得黝黑的脸。老渔夫的干练和狡猾，逐渐从表情中显现出来。

　　舟作从方向盘底下取出LED提灯点亮，绕到载货台，把灯系挂在载货台与驾驶室之间的横杆防护栏上，然后打开放在载货台上的大型储物箱。储物箱里是干式潜水服、内穿背心、潜水面罩、手套、蛙鞋、内置铅块的配重马甲、浮力调节背心、水中照明灯、头灯、水中照相机等水肺潜水所必需的器材。他把它们全部从箱子里拿出来，放到路面上来。然后，再取出横放在储物箱底的气瓶，也小心翼翼地卸到路上。最后，他将提灯从防护栏上解下，并在载货台边上轻轻敲了敲。

　　这时，已经坐到方向盘前的文平收到信号，将卡车往渔港的停车场开去。

　　舟作拿起提灯，照了照通往海滩去的台阶。这片海滩就在渔港边上，主要供钓鱼的人停泊小船。偶尔也有人把小船停在这里，戴着防水眼镜潜到海岸边的水下捕鱼或者拾贝。现在，岸上正泊着五艘小船。

　　舟作找到他的那艘船，把灯放在船边。然后回到公路上，把潜水器材一一搬到海滩上来。除了空气瓶外，东西都先装到了小船内。小船内还放着两件救生衣、两支桨、伸缩钓竿、贝壳网、折叠锚、绳子、竹片束以及用于外挂船舷的简易梯子。船外机也已经事先安好了。文平家离这里近，这些都是今天傍晚他过来预备下的。

舟作脱下凉鞋，取下不值钱的手表，装进从运动裤口袋里掏出的方便袋里，也放到了小船内。他从装进小船的器材中找出内穿背心，套在运动衫的外面。这背心从肩膀到胯骨，盖住整个躯干，看上去像薄的防弹衣。据说是为了保护内脏器官不受某种物质伤害而开发的。接下来，他将潜水衣取出放在了水泥地上，铺开以便穿着。这种干式潜水服，为防止水进入设计成了连身衣样式，还包括了头罩及靴子。

除了出海捕鱼之外，舟作二十多岁时就取得了水肺潜水教练员的执照。自那时起，他就为自己量身定做干式和湿式潜水服。不过最早定做的潜水服长年磨损，早已不堪再用。现在他穿的，已是第三套潜水服了。所幸身材与年轻时相比，基本没有变化。

潜水时若想将海水完全隔绝在外，当然可以将手套也与潜水服连成一体。但考虑到自己是深夜下潜，并且去的净是不能丝毫掉以轻心的地方，所以，潜水时用的手套，他一定要用自己用惯了的。

舟作先将运动裤的裤脚塞进袜子里，然后将两只脚先后穿进连在潜水服上的靴子里。干式潜水服不比湿式潜水服那样紧身，很快便提至腰间。接着将吊裤带挂到肩上，又将胳膊钻进袖子。最后一步是将头套进面罩内，这一步稍微费了点劲。面罩内窄且紧，加之潜水服下面又穿了背心，所以不是一般的热。调整好面罩露出脸的部分后，舟作在下巴处稍稍撑出一点缝隙，下蹲一次，挤出潜水服内的空气。然后将缝隙又闭上，待站起身来，潜水服便紧紧贴在了身上。

"今天的浪看起来不错啊！"

文平把卡车停到停车场后回来了。他光脚穿着凉鞋，从台阶上走下来，将手里提着的塑料瓶放进小船内。瓶子里面装着归港时必不可少的燃料。

"文平叔，您帮我把后面拉上。"

舟作转身背对着文平，因文平的个头比自己矮了大概二十厘米，于是跪了下来。

"今天月亮好，也没云，应该能顺利潜到目标地点的。"

"嗯，你在水里，也能更自在嘛。"

文平熟练地将拉链拉上，敲了敲舟作的肩，示意已经拉好，然后转身往小船内探去。

长约八十厘米的竹筒被竖着劈成了两半，大概三十多片，用绳子捆住预先放在了船里。文平抱着这些竹片，走下十多米高的斜坡到海边，伸出左手，像抚摸养熟了的小狗的脑袋一样，探了探海水。如此，似乎就能判断今天波浪的情况和捕鱼的收成一般。

"嗯，不错，不错！"

文平对着大海喃喃说道。他把抱来的竹片浸过海水后，解开绳子，将拱形的面朝上，按照一定间隔从水边一直铺到小船边。竹片看上去就像铁轨一样。

其间，舟作将手腕上防止海水进入的密封带缠好了。接着扶起横放在地上的气瓶，又从小船内取出形似救生衣的浮力调节背心，将其背部与气瓶连接到一起。为防止脱落，束带扣是牢牢扣住的。

接下来，他把用于呼吸的调节器安装到气瓶上，又将调节器上延伸出的中压管连到浮力调节背心的充气筒上。通过这个充气筒，可以调节进入背心的空气量，从而达到调节浮力的作用。然后，他打开气瓶阀门，用残压计测了瓶内的空气量。确认没有问题，这才将面罩与气瓶调节器连接起来，看气瓶内的空气能否顺利供给呼吸。

"舟作啊，有个马后炮的事儿本来不打算问的……能告诉我一下吗？"

铺好竹片轨道的文平，不知何时已经站到舟作的旁边，看着他做潜水的准备。

舟作抬了抬眼皮望着文平，示意："啥事？"

"就是你背在背上，连着氧气瓶的这个像背包的东西。家里的老婆子管这个叫背包，我说不是，正笑她蠢，她却反过来问我是什么。我说这叫BS[①]，没想到那老婆子说BS不是广播卫星嘛，反过来笑话了我一通，顶得我没话说。来，你给我好好讲讲，下回得给她抵回去。"

[①] 浮力调节背心，英文为buoyancy control jackets，略称BC；广播卫星，英文为broadcasting satellite，略称作BS。此处文平错把BC说成BS，乃遭妻子嘲弄。

"您是说BC吗?"

"哦,是BC啊!它就没别的名字吗?横着写的洋文不懂啊!"

浮力调节背心,英文简称BC——不过这些解释起来太麻烦。于是舟作回答道:

"没有。这东西就叫BC,可以自由充气放气,类似救生衣。穿着它在海里,能很好地控制沉浮。再一个,我背着的不是氧气瓶,是空气瓶。里面装的不光是氧气,是压缩的空气。"

话罢,舟作又检查了一次穿在身上的潜水服和组装好的器材,确认无误后,将器材与气瓶一起装进了船舱内。

"好嘞,我们走吧。"

文平把脖子左右摇摇,发出脆响,将手搭在了小船的右舷上。

舟作将提灯放进船舱内,也把手搭在了左舷上。

两人看准浪来的时机,文平叫着号子"一二三",合力把小船向海里推去。

小船就着铺在斜坡上的竹片轨道,向海里滑去。船底和竹片摩擦发出的声音,高得甚至盖过了波浪声。

小船滑至斜坡下面，船底正好迎上涌来的海浪。它静静地乘上退去的海浪，毫发无损，漂到了海面上。

2

舟作也随着蹚进水里，直到海水漫至膝盖。为防止小船随波浪漂走，他伸手拉住了船舷。

文平将适才用作轨道的竹片收起来捆好，放在停船的地方后，迈着罗圈腿走下斜坡，"嘿哟"地叫了声号子，向船尾爬上去。

待文平上船坐稳，舟作轻轻将船推出去，同时也上了船。他坐到船头的横坐板上，与船尾的文平相对。文平将救生衣掷给他，两人分别穿上。

舟作从船底取出桨来，将桨板放到水里，开始划船。

船上两人皆沉默不语，唯有欸乃声声。

钓鱼小船的停泊场与其他渔船的停泊场被防波堤隔开。欲出海去，还得绕过外围的一道S形防波堤。舟作巧妙地划着桨，先避过对面左侧凸出来的防波堤，又绕过右侧凸出来的防波堤，这才出了海湾。

"嗯，到这里行了。"

舟作得到指令，收了桨置于船内，站起来转身对着船头，又重新坐下来。

挂在船尾的船外机，螺旋桨高出船体。文平把倾斜的船外机调整好角度，使螺旋桨没入海水中。接着调整好燃料栓、变速杆，然后握住把手，用力拉起启动绳。

发动机一次便启动了。若是以往，这点声音谁也注意不到，现在却响遍了渔港一带。文平转动油门调整好发动机的转速，然后将变速杆推至前进挡。

小船缓缓前进。文平又加快速度，破浪疾行。

渔港的灯塔，即便如今不能捕鱼，光亮依旧。小船穿过这片光亮，向着太平洋的海面疾驰而去。为防万一岸上有人看见，舟作关上了提灯。

海上无风三尺浪。今天的海面虽看上去风平浪静，但船在水波上前行时，船头还是不时被冲起，看着就像海面上时不时凸起的小疙瘩一样。船头扬起又立刻落下来，发出咚的一声，船体也跟着一震。为了不让气瓶滚动，舟作将它连同浮力调节背心一起踩在了脚底下。

待船又前行一段，速度也逐渐安定下来时，文平扬声盖过发动机的隆隆声，对舟作喊道：

"这回要是还像上次那样没什么收获，人家可要怀疑你是不是真在潜水了！"

舟作嘴里嘟囔了两声，文平没有听见，又问：

"你说啥？"

舟作稍微向后面侧了侧头，道：

"要是因为这点事他们就怀疑的话，最开始就不会雇我；再说了，要真是这种人，我也不揽他这差事了。"

"嗯，这倒也是……"

文平听罢絮叨了几句。但海风中，几乎听不到他说了什么。

"不过，再怎么说，"文平又高声道，"我担心的是，那些人的'宝贝'你要是不给他们一点一点捞上来，他们可能就灰心了。唉，怪可怜的啊！"

舟作心里知道，他真正担心的是这些顾客要真灰了心，对他们来说数目不小的临时收入也就没了。话到嘴边，还是忍了回去。跟巧舌之人辩理，只会招来两倍、三倍甚至更多的说辞。

舟作从小就比一般人话少，已经去世的哥哥生前就常常笑他脑子转得慢。其实，每要跟人辩理时，他心里便大概知道对方会怎么反应，知道即使和人家辩解下去，也不过是原地兜圈子或者根本就是鸡同鸭讲。说了也白说，于是他也就干脆不说了。

文平见舟作一言不发，大概以为自己的话他听进去了，也就不再追问。

向北极目远望，能看见远处的海上有船的灯火。再抬眼向上看去，只见天空中闪烁的星光，却不知海天在何处交界。印象中的星光比起渔船的灯火要柔和得多，此时却是更加耀眼。

夜深如此，天空中却仍有飞机飞行。其灯光不减一等星①的亮度，明灭交替，从夜空中渐渐划过。它们去向哪里呢？舟作追随着灯光的轨迹再翘首仰望，只见中天的月亮把月光不住地向自己的小船倾倒下来，比在陆地上看到时更明亮。月光

———————————

① 按照肉眼可见的亮度，恒星分为六等，其中一等星最亮，六等星最暗。

下，海面上浪起处银白，浪影处黪黑，明暗相间的条纹一直绵延到远方。

这时，一颗流星似一束渐渐燃起的火光越来越亮，斜对着月亮滑过，留下光的影子，消失无踪。虽早就过了看到流星就许愿的年纪，但舟作每次看到流星，心里的某个角落却还是想着：多可惜啊，还是许个什么愿吧。

文平掌着舵，将出海的船头逐渐调向岸边。船身从涌动的波浪上切过，带来与之前大不相同的震动。

远方低处，有聚拢的光散在各地。那里应该是海边的集镇，灯光越明亮，就意味着居民越多。受灾之前，这里的灯光更明亮，也更密集，看上去简直和海岸线连成一体。然而现在，很多地方都已经沉入了暗夜之中。

小船又转了一个大弯，朝着岸边驶去。

可能是之前一直藏在视野的死角里没有注意到，小船掉头时，岸边几处高亮度照明灯直直闯入眼帘，好似从侧面撞过来一般。

但那里并不是市镇。市镇的灯光更分散，而且家用的灯光也会更柔和。那高亮度的灯光并没有照着大楼或者一般住宅，而是集中在海岸沿线大概一千米的地段上。而地段两边绵延开去的皆是深沉的黑夜，再无光亮，唯有这一地段异样地显眼。

文平掌着舵，如同飞蛾扑火一样，朝着这过分明亮的灯光驶去。

舟作和文平把这里叫作"光区"。

这里的照明灯，看上去很像夜间棒球比赛时的照明灯。但比起棒球场，这里的灯光所照之处更为广阔，甚至都影响到了海上。从岸边向海上延伸的南北两侧的防波堤，在灯光下，投射出分外鲜明的影子。南堤向海里凸出，北堤后踞，就好像一只呈防守姿态的巨蟹举起的两个大螯一般。海水穿过狭窄的两堤之间，又被尽头长长的堤坝拦了回去。

待到了近岸处，高大的防波堤遮住视线，估计就什么也看不见了。现在离岸边尚有距离，可以看见防波堤和防波堤背后被垒高的陆地、架设在高处的照明灯以及灯下巨大的建筑物。

沐浴在这尤其明亮的照明灯之下的，是两栋建筑。它们差不多位于光区的中央，大约有三层楼那么高，形似汽车工厂，并排向两侧长长地延伸开去。

这两栋建筑的左后方和右后方又分别露出一栋建筑，覆盖着类似白色墙壁的东西。舟作从大概四年半前的报道中第一次了解道，后面本来应该有四栋建筑的。但中间的两栋，一栋因为顶部坍毁严重，覆盖物设得比较低；另外一栋因为外表并无损坏，也就没有封顶。因此，现在从海上看过去，中央的两栋建筑都被前面的建筑挡住，看不见了。

另可见三根排气筒——建筑物近处两根，稍远处一根——冲着夜空，高高耸立。顺着这些高高的排气筒抬眼望去，这附近天空明亮，不亚于白昼，往里去应该有更多光源吧。

小船慢慢靠近光区，敲铁打孔的声音越过海面，从岸上逐渐传来，令人仿佛置身于高楼大厦的施工现场一般。

建筑物周围、排气筒附近，可以看见大量起重机的机械臂，其中有一些正在上下左右动着，说明岸上有人。

但现在小船离岸边尚远，而且海面与陆地之间的高度相差很大，从海上看不见岸上活动的人。反之，岸上的人也不会特意去看防波堤之外的海面。

小船接着向前行驶，眼见防波堤的前端近在咫尺时，文平转舵。于是，小船顺着防波堤外围向北边转头，开始离开光区。

　文平自孩提时，就常跟父亲和友人来这片海域钓鱼，因此熟知不同时间和不同地点的海流变化。离开光区不多时，文平又转舵，向着一片黢黑的岸边靠过去。在近旁光区漏过来的灯光和月光下，他确认好陆地水平线，关掉了引擎。

　从海面上传过来的类似施工现场的声音变得更清晰，似乎能使海面皱起细细的波纹来。所以，他们这边即使有些声响，也绝对不会为人察觉。

　舟作又站起身来背对船头重新坐下，取出桨插入水中，轻轻划动不激起浪花，使小船向前行动。

　他背对着岸，慢慢地划着船，眼里看不见漆黑的岸。岸上往日的光景如今已经不再，但舟作却生生觉得一切依旧，后背不由得发起麻来。

　其实他现在已经习惯很多了，刚来这里的头两次，他握桨的手都不住地颤抖。

　第一次来这里，是在今年四月上旬。当时满月当空，云虽有点多，但只要月亮从云里出来，平静的海面便立刻粼粼生辉。满月洒下明的月光，为他们二人把失去的小镇从幽冥深处捧起。但或许是被旁边光区那异常强烈的灯光晃到眼睛了吧，最开始两人并没能看见小镇。

那天夜里，舟作心里怀疑自己是不是找错了地方，又或是文平开船弄错了方向。其实，他的心底是希望弄错了地方。他不愿意去直面灾后的惨状。

脱云而出的月亮，不遗余力地将光倾倒下来。随着两人的眼睛渐渐习惯周围的光线，人们曾经生活的地方，终于浮现在了眼前。

面对月光下的景象，舟作和文平失了言语，只是睁大眼睛，呆呆地望着。

一时万般思绪涌上心头，五味杂陈，令人不知如何自处。恐怖拘住了身体，令人手足无措，然后化作撕心裂肺的悲痛当胸袭来。胸中翻滚的怒气，差点让舟作对着天空的黑云吼叫出来。但自己的吼叫又有谁能听到呢？他又感到阵阵虚无，只觉两腿发软，几乎都要屈膝委地。为什么？为什么！他悲情不能自制，不知不觉间，已经泪流满面。

舟作的老家也是像这样被巨浪冲涤，击碎，切断，然后消失的。

海啸来时，他的父母和哥哥正在渔船里做事。大浪退去后，在岸上横倒的渔船内，人们扒开散发着浓浓海潮味的淤泥，找到了他们三个人的遗体。

大水甫过，舟作即回到老家的镇上搜救幸存者。当时镇上已经一片狼藉，泥沙、木屑、钢筋、瓦砾四散遍地，尘埃满天。他穿行其中竭力搜寻，时而踉跄，时而匍匐，于四周全然不顾。他呼喊不停，直到声嘶力竭也不愿放弃最后的一丁点希望。

搜救中，每每有房屋的残骸和堆高的淤泥堵住去路，舟作想方设法除去，结果只是找到一具具遗体。其中很多，比起自己的双亲和哥哥，遗容更加悲惨。他用手将他们从混凝土的瓦砾中拉出来，深深感到自己的无力，不由得蹲在地上号啕大哭。

因此，舟作明白。他明白那令人手足无措的恐怖，明白那撕心裂肺的悲痛，明白那翻腾的怒气，明白那令人欲对黑云吼叫的冲动，明白这样的吼叫谁也听不见的虚无感。因为他亲身经历过，深深知道那种令人不能自已、不禁要责问苍天的悲情。

即便如此，当他看到月光下浮现出来的曾经的小镇时，精神上还是受到了不小的冲击。

想民大灾过后，几乎没有人来清理过这里的废墟吧。

听说警察和居民穿上防护服，在有限的时间内曾来这里搜寻失踪的人。但，也仅限于此。那之后风吹雨淋，而且这里与沿海其他地方一样，受地震影响地盘下沉，涨潮时的潮水都冲刷到了小镇内部。比起受灾当时，肯定多少还是有些变化的。

不过与那些动用车辆和机械重建过的地方相比，这里几乎保持了大水过后的原貌。

舟作永远也忘不了灾后老家的惨状。但是，那之后四年半的时间里，人们逐渐清理崩塌破碎的瓦砾等建筑垃圾，灾后重建一刻也没停下。每次他回去给亲人扫墓时，都会看到人们为了新生活不断努力的情景，所以不知不觉，当时的悲惨情景，也逐渐从自己的脑海中淡化了。所幸也是有所淡化了，若不然再次看到这种景象，他早就崩溃了。

也许是因为仅凭月光，他并没能清晰地看到全景，所以还能勉力支撑。

又或许，他所看到的只是没有人烟的空地。本来那里就没有民房、公寓、商店、学校、医院、居民办事处，只是茂盛的杂草里伫立着混凝土的碎块。就像在别的受灾地偶尔看到的一样。舟作的记忆和想象混在一起，所见情景，一幕一幕，皆是被海啸吞没前的景象。面对废墟，他却分明看见街上鳞次栉比的民房，亮着明灯的公寓；看见商业街上行人如织，学校里学生在上课，幼儿园里孩子们在玩耍；也看见老人们从医院里进出，人们在邮局和居民办事处前来去。这一切如梦如幻，却又历历分明。

那次舟作和文平到那里时，涨潮渐满，海水已经漫向陆地高处。海浪冲向岸边又退去，在淡淡的月光下，不断翻卷，发出微微的白光。

茫然呆望间，舟作觉得那不断翻卷、反射出微微白光的浪花，看上去就像飞翔的白鸟一般。

他的脑海里，突然浮现出"圣域"这个词来。

九岁的女儿，很喜欢看飞来飞去的鸟儿。舟作偶尔带着女儿和七岁的儿子一起到水边公园的鸟类保护区去参观。保护区四周设有栅栏，禁止人类出入，被称作"鸟类圣域"。

禁止人类出入的圣域。

神圣的地方。

看着那宛若飞翔的白鸟一般的浪花，舟作脑子里顿时涌出这些意象来。

这里，或许就是圣域吧。

所以，眼前的这片海也可能是圣域的一部分吧。

他心里想着：自己和文平就要侵入这片圣域，免不了要遭报应。

"差不多了，先停一下吧！"

文平的话，止住了舟作的回忆。

文平就着月光确认了一下周边的情况，打手势示意舟作再往左边去一些。

待舟作将船划到合适位置，文平示意他停下，细细确认海水的动向。

"这里距离上次潜水的地方大概往南十多米吧。"

文平嘴里说着，手里将折叠式的船锚打开，确认好连着的绳子后，将它抛到了海里。船锚不一会儿即落到海底，绳子上的刻度显示这里海深八米。

舟作将提灯点亮并调弱光线，脱下了救生衣，再一次确认潜水设备。他先将内置铅块的配重马甲盘在了腰上。仅凭人体的密度，难以消解海水的浮力，若不穿配重马甲则不能下潜。

接着，他穿上浮力调节背心，背上空气瓶，扣好腰间和胸口的带扣，戴上面罩。罩内供有空气，可以让人用鼻子呼吸。比起仅覆盖住眼睛和鼻子的潜水面罩，这种面罩保证人可以用鼻子呼吸，可以透过面罩讲话，还可以隔绝海水。舟作又牢牢地系好皮带，确保面罩内不留缝隙。

待他戴好手套之后，文平将手腕密封带仔细地替他缠上。至此，舟作的身体被包裹得严严实实，没有任何部位是露出来的了。

继而，舟作又将潜水微机表戴在了左手腕上。这种设备形似表，可显示潜水时间和上浮速度，用于防止减压症①。

潜水时探照用头灯是用绑带和面罩连在一起的，手电筒则用带子系在了浮力调节背心靠近胸口的D形环上。舟作仔细检查了头灯和手电筒是否能正常亮灯。水下用的照相机也用带子系在了另一个D形环上，为免影响潜水，还被塞进了背心的口

—————————————————

① 减压症，身体组织和体液中的气体在低压环境中产生气泡，引发血管闭塞等症状。又称"潜水员病"或"沉箱病"。

袋里。最后，舟作穿上了蛙鞋。

"喂，别把重要的东西忘了！"

文平将一种名叫贝壳网的渔具递给了舟作。这种渔具的网口以金属制成，开口很大，网身向后拖很长。潜水捕捞时多用来装贝壳，捕捞来的贝壳由网口进入，顺流行至网底。他将贝壳网接过来，把连着的绳子系在腰间皮带上并调整好位置，确保潜水时网身是向自己身后浮动的。

再一次确认好装备后，舟作坐到了船舷上。

他看了看自己背后的海面，海水将月光反射过来，仿佛关上了门。

为何要来这里潜水？这里即是圣域，贸然侵犯很可能会遭报应。

不，正因为如此，才决定来这里潜水。因为再没有其他人愿意来了，而总得有人来做这件事。

答案就在这海底下——舟作心里这么觉得。但，什么的答案？他也不明白。尽管如此，他还是强烈地感觉到，答案就在这片海的下面。

他转回头，调整呼吸，对文平做出"OK"的手势，文平点头示意。

舟作随即用左手按住面罩的面部和头灯，右手按住面罩后部绑住头灯的绑带，利用气瓶的重量，向后一仰，翻入了水中。

3

背后的气瓶先入水，舟作并未觉得身体受到很强的冲击。

只是随着自己落入水中，海水泛起浪来，似乎在拒绝自己，要把自己推回去，却又不能，最终只好接受。海水悲鸣怒号的声响盖过了自己的呼吸声，并透过面罩传到耳朵中来。它支配了他的听觉。舟作耐心等候，直到海面再次平静下来。

因为浮力调节背心中存有空气，舟作很快便利用浮力将头探出了水面，看见文平手里提着LED灯。

就着文平手里的灯光，他逐一检点自己身上的设备，检查入水时有没有掉下什么东西。

确认没有问题后，他对着文平将拇指向下指了指，示意准备下潜。文平看到后，回以"OK"的手势。

舟作左手将充气筒举过肩，按下排气阀门，排出浮力调节背心里面的空气，同时徐徐吐出自己肺里的空气。待空气排出后，他直立着身子，慢慢沉到水中去。

水下一片漆黑，连呼气的水泡都看不见。舟作用右手打开头灯的开关，看见自己呼出的无数小气泡穿透暗灰色的海水向上浮散开去。气泡比海水略白。

即便眼里看不见，舟作全身都能敏锐地感觉到自己正在下沉。不到一米，便需要平衡耳压。戴在脸上的面罩是用硅胶制成的，鼻子部分很柔软，可以捏住鼻子憋气用劲或者吞唾液以打开耳管。但他从小潜水，早已习惯，只需抬起舌根向上颚顶去，即可打开耳管平衡耳压。下潜过程中，他如此反复多次，以保证听觉。

四月上旬，他便先来检视了这片海域，大约三个星期之后又来试潜过一次。试潜的时候，先从小船上打灯探照海中情况，再戴上潜水眼镜下水查看，迅速确认海底是不是有障碍物。

这附近的海域，水深七至八米。这是通过文平的经验加上用锚测量后得出的结果。所以入水视察时，舟作首先设想的障碍物便是沉没的渔船，其次是被海浪卷下来的房屋，以及插在房屋、汽车残骸上的铁塔和电线杆。

因为水里不比直接在太阳底下看得分明，所以他们多次在这片海域附近来来去去，检查海水中是否有危险的物体。两人交替戴上眼镜下水窥探，时不时用长柄鱼钩近乎执拗地到处试探，丝毫不敢疏忽大意。之后，两人大概每个月来下潜一次。这次已经是第七次了。虽然海潮涌动会引起一些变化，但海底的情况舟作已经大致掌握了。

舟作一边看着仪表确认水深，一边就着头灯确认地形。找到一片开阔的沙地之后，慢慢着底。为了不搅起泥沙，他将身子前倾，保持双脚不动，先以蛙鞋着底，依次是膝盖和双手。再拉住浮力调节背心胸口前的D形环，顺势将手电筒握在左手，打开开关。仿佛于一个狭窄密闭的空间，突然开了一扇门通向外界一般。由此，海中广阔的景象终于出现在了舟作的视野里。

这片海域附近没有船只通过，大灾之后，也再没有集镇的废水流进海里，所以海水本身并不浑浊。但四年半前大灾的时候，岸上大量泥沙和建筑残骸被卷进海里，搅动了原本堆积在海底的陈年泥沙，使得现在的泥沙碎屑更容易随海潮漂浮。腐蚀的木屑铁屑之类的各种粉尘，随着潮水涌动，聚散浮沉。舟作在水下，看不到很远。

因此，手电筒射出的扇形的光虽然可以照到十米开外静谧灰暗的世界，舟作却只能看清距离自己三四米的东西是什么。再远一些的，便是一团阴影，不知究竟。他拿着手电筒，首先顺次检查了自己四周，确保没有危险的障碍物。灰暗的水中，除了四处浮游的粉尘之外，满地滚落着大大小小的岩石，上面已经生了海藻。有些地方的暗影，远看似乎是石头，靠近细看，原来是几乎被挤压成球的轿车的残骸。脚下看似平坦的沙地，只要稍微挖一挖，有时也会挖出汽车的发动机盖或者房屋的墙壁来。

舟作打开充气阀门徐徐向浮力调节背心里充气，以调整自己的位置。先是稍稍抬起上半身，保证蛙鞋仍踩在海底；待直起来之后，继续充气，使整个身体离开海底轻轻向上浮去；紧接着调整背心里的空气量，维持悬浮状态。如此，他就可以在近似失重状态的海底游动了。

调整到悬浮状态之后，舟作轻轻蹬了蹬蛙鞋，稳定身形，再次调整姿势使自己面向海底，并将灯光朝海底照去。粗浊泥沙覆盖着的起伏的海底，就这样呈现在灯光圈中。

在靠近海底的地方若上下拨动蛙鞋，容易搅起泥沙。舟作浮在水中，像蛙泳时一样翻动蛙鞋，慢慢向前移动，查看海底的情况。

这里有很多断坡，比一般的海底显得不自然多了。估计下面都深藏着一些比较坚固的物体，缓慢的海流不足以冲垮或冲散它们。

这时，一道略略发白的墙壁堵住了舟作的去路。暗灰的海水中，墙壁较之海水时明时暗，看不大清楚。舟作扫动灯光四下打量，确认墙壁的全貌。这是两段连在一起的混凝土块，看上去似乎是防波堤的一部分。高约三米，上面密密麻麻布满了各种贝壳。四周还有一些比这两块小一些的混凝土块，高一到两米，堆叠在一起。

缠绕在这些混凝土块上的钢筋，弯曲纤绕，早已面目全非。钢筋上挂着一束电线，上面粘满了海藻状的碎屑，看上去就像奇怪的深海长鱼，或者海蛇的尸体。舟作顺着这束电线徐徐挥动灯光探照过去，看到半截红绿灯从海底探了出来。

舟作左手拿着手电筒，右手伸进浮力调节背心胸口前的口袋里，掏出照相机打开闪光灯，从不同角度将眼前的光景拍了下来。拍完后，他将照相机放回口袋，蹬了蹬蛙鞋，向西侧游去。

前方出现一段黑乎乎的斜上坡，上面也是贝壳密布。坡高两米，有四个面，整体呈金字塔状。凭经验，舟作已经知道这是什么了。

他继续往前探视，在黑乎乎的金字塔后面是一段幅度较大的斜上坡，宽约五米，微微泛白。这段坡向上约一米半即折而向下，呈横倒在地的巨大的三角柱状。

舟作将灯光打到更西侧，又看见一个三角柱状黑乎乎的物体，高四五米，横倒在地。它的中部覆盖着一个略小略白的四角锥。四角锥的顶部探出一根铁棒，上面缠绕着一个圆盘状物体，在手电筒的灯光下微微折射出白光。一有海流经过，圆盘便晃动不已，看上去摇摇欲坠。四角锥不是别的，就是陆地上常见的电视卫星天线。

而那些金字塔状或者横倒在地的巨大三角柱状的物体，都是屋顶。海啸的时候，大浪朝集镇席卷而来，将房屋从地基上冲走；退去的时候，又将它往海里拖曳。如此反复，墙壁和柱子都坍塌断折，只剩屋顶保留了原来的形状。

重量相近的物件往往都集中在一块。屋顶和刚才看到的堆叠在一起的混凝土块，都是如此。这是因为重量基本相近的物件被反复涨退的潮水带入海中后，受地形及重力的影响，容易堆积在同一个区域。

四月和六月，在别处也发现过数个屋顶残骸的堆积场。

五月，发现六辆被压扁的乘用车和四辆摩托车；七月，发现一辆巴士和横倒在旁的卡车；上个月，发现一辆被压扁的进口车和两辆刻着养老院名字的单厢车。

发现汽车的时候，舟作一边小心地护着潜水服不被车体割破，一边仔细搜查车内。至今，尚未发现遗体。因为没有什么可以带出水的，他只拍了些照片。

为了让失主认出自己的车来，拍照的时候他都会选择一些标志性的东西，如汽车的牌照或者徽标等。但很多时候，车体损坏得太严重，甚至连车种也无法辨识了。

其实，舟作也想过以更广阔的视野来确定搜查地点。但头灯和手电筒的探照范围毕竟有限，至今也不能把握这一带海底的全貌。

之前倒是听人拿着地图和照片解释过这片集镇的建筑设施及其配置，心里大致有了数。但等到自己实际下水一看，舟作立刻明白那些说明一点作用也没有。要想知道哪些东西聚集在海底的哪些地方，必须一点点重新绘出地图才行。

然而考虑到体力的极限以及这一带海水对健康的影响，每次下潜的时间被商定为四十五分钟。今天是第七次下潜。所以，真正在海底摸索的时间并不太长，舟作只能靠着有限的灯光，将看到的局部景象在头脑中像拼图一样一件一件整合。

今天晚上，他的搜查目标就是这些屋顶及其附近。比起刚才见到的混凝土块，这里似乎更能找到人们想要的东西。

舟作先拍了几张屋顶的照片。他转换角度尽量多拍了些，心里盼着有人看见这些照片后能认出来。然后调节浮力背心里的空气，使自己轻轻地落在平坦的沙地上，不搅起泥沙来。

突然，一道黑影从眼前晃过。舟作连忙转头去看，只见一条鱼的尾鳍向漆黑的海水中游去了。原来，是他惊起了躲在屋顶下面的鱼。

听文平说，这一带的海岸线以前水草丰茂，鱼也很多。

"大叶藻特别多，里面有成群的小鱼。"

在文平提及的那个区域，舟作下潜时并没有看见大叶藻，只有石头和混凝土块滚落在泥沙之上。与其他渔场和海岸线一样，汹涌的浪潮不仅将人们生息的集镇连根拔起，也将沿海的水草剜掘殆尽了。

不过现如今，岩石、沉没的汽车、屋顶上又到处生长着多种藻类和短小的海草了，偶尔还有大大小小的鱼穿梭其中。舟作还碰到过待在车里并不逃走的鱼——大概是舍不得那样的好窝吧。

倘若见条鱼就分神，那便做不了事；但有时鱼出其不意，身体就会不由自主动起来。一旦搅起泥沙，就什么都看不清了。

舟作将手电筒灯光稍微调暗，挂在背心前胸的 D 形环上。在堆叠的屋顶前，深深弯下腰去，将脸贴近海底，就着头灯开始工作。

他之前也想过，要是在白天天晴的时候下来，强烈的太阳光能直接照到海底，便可以看得更广阔更分明。不过同时，海底惨烈的景象就会像岸上看到的一样，太过悲惨使人心理受挫，再也不能下潜。

在有限的灯光下，看到的只是一小部分——当然，每当看见房屋和汽车的残骸时，仍难抑悲伤——可能正是这不能一睹全貌的焦虑感，反而促使舟作能保持心志安定，继续潜水。

现在，舟作尽量不去想别的事情，只是将注意力集中在茫茫海底中头灯光圈照出的那一点上，全神贯注地用戴着手套的指尖轻轻拂去海底表层的泥沙。

这海底的泥沙，有的是海流从远处带来的，有的是退潮时裹挟来的，有的是海底沉积的泥沙被翻搅之后又沉淀下来的，总之所积甚厚。若是沙子和软泥的话，即便厚一点挖起来也不是难事。但若是碰上凝固得像石膏一样的泥土，手指不使些力是难以挖开的。可一旦使力，就不免带起细泥弄浑水流，从而遮住视线。

幸运的是，这次并没有碰到硬泥块。不一会儿，舟作的指尖触摸到了一个规则的物体。

一般情况下，他能够凭经验辨别摸到的东西是自然的还是人工的。这次是一个金属制的四方带框的东西。

舟作继续往下挖了挖，发现不成，便停了下来。埋在这里的究竟是什么，一时难以判定。目前挖出来的金属面长度约有二十厘米，尚有部分埋在下面。可能是个微波炉或者电视机，也可能是更大个儿的冰箱或者洗衣机。要想全部挖出来很不容易，挖出来后带到海面的小船上去当然就更困难了。

他与人约定的是，所采集物品的长度不得超过二十厘米。

于是，舟作将其丢在一旁，继续往别处挖去。过不多时，挖到一截木料。发现并没有明显的特征，弃之往别处。再挖，是一块混凝土碎片，立即又换了地方。

重量相近的东西在海底往往聚集在一处，小物件也是如此。汤匙和刀叉，常常一起被挖出来；杯盘之类的餐具，差不多全都碎了，也聚在一堆。

舟作果断决定换个地方试一试。虽然这样做，若迷失了标记，下次潜水的时候，很可能会重复挖掘。但因为每次下潜的时间有限，也是没有办法的事。这次的时间已经过去一半了。

他抑制住自己的焦虑，慎重地继续将泥沙拂拭开去。挖到一个不锈钢的板状物，弃之不要；摸到电线插头，估计是电气制品，也弃之不要。这时，一个U形提环出现在眼前，舟作心想有戏，继续向周围探查。

　　原来是一个单肩包陷在沙地里，露出了上半部分。然而可惜的是，下半部分卡在硬泥块里面，很难拔出来。舟作小心翼翼地解开包上的金属扣，一边注意着不让包里的东西漂出来，一边伸进手拨开包里面的泥沙。首先摸到的是一本口袋书。将书推到一边，继续掏了掏，摸到一个似乎是眼镜盒的东西。他轻轻拔出来细看，发现果然是个眼镜盒。舟作心想着要是能物归原主就好了，将眼镜盒放进了腰间的贝壳网里。

　　包里面的东西，他不能一次性全部带出水去。因为要为尽量多的人寻找失物。他将包的里外各拍了照片后扣上金属扣，并从浮力调节背心的口袋里掏出一根白色的带子系在包的提环上，任其随海流漂荡。

　　下次再来潜水是一个月后，或者更晚。到时候这根带子未必还在，权且先留个记号。

　　舟作继续四下查看，看还有没有其他重量相近的包。很快，便摸到两个球状物，像螃蟹的眼睛一样突了出来。仔细一看，原来是手提包的金属扣。这两个包，是同属一家人的呢，还是放在咖啡店里被水冲到一起的？不得而知。

　　他仔细地扒去泥沙，打开手提包的金属扣，找到一个看似钱包的东西。钱包里面可能有身份证之类的证件，但他没有打开，拍了照片后又放了回去。接着查看别的物品，找到一个月票夹，里面似乎是就诊卡和电车月票。他将月票夹放进贝壳网里，又重新扣上了金属扣。

在手提包的旁边，手指又探到一个钥匙扣，上面挂着五六把钥匙。这是一个设计成吉祥物式样的钥匙扣，估计失主应该能够认出来，于是舟作也不再考虑钥匙扣究竟是从包里掉出来的还是被海水冲过来的，先装进了贝壳网里去。

时间已经所剩不多。他心里自然明白，这种时候慌乱是大忌，但还是想再打捞一些东西上去。

舟作继续将附近的泥沙拂拭开去。指尖摸到什么东西时，凭感觉先判断东西的大小和材质。如果太大或是钢筋，则马上换到别处。这时，又摸到一个方形物体，像包又像文件袋，但整体陷在坚硬的泥土中，很难挖出来。

全面罩下，舟作几乎要"啊"地叹出声来。低头再看，只见眼前这个方形物体的封口处，有个物体露出一角来，似乎是手机。

他小心地除去泥沙，取出来细一看，发现果然是手机。手机的挂带虽已经断了，但表面有几张可爱的贴签，其中还有女孩子的大头贴。失主见了肯定能认出来。尽管这样的想法有些武断，他还是觉得更有干劲了。

舟作判断，这一带再找一找，应该还能找到一些东西。他把手机放进贝壳网中，又开始在周围摸索起来。这时，手腕上的潜水微机表发出铃声，警报灯开始闪烁，提示时间已到，必须上浮了。

只是，找到手机的喜悦使他难以立刻就收工上浮。有意无意间，总想再多找一找。

作为持有资格证书的潜水教练员，舟作知道自己是明知故犯。但指尖摸索到一根细带，分明是幼儿园小朋友的书包肩带。他自己有孩子，肯定没错。

舟作一心想把这个书包带上岸去，然而它牢牢陷在了泥里。必须上浮了。可是，下次再来还能找到这个书包吗？时间紧迫，不及犹豫，也顾不得搅浑海水，他使劲拽起书包的背带。

手上的感觉由重瞬间变轻，同时泥沙像喷烟一般迅速涌起，视野一片浑浊。

　　他并不慌张，调节背心里的空气量，摆动蛙鞋，使自己以合适的速度轻轻抽离。

　　不多时，手腕上的潜水微机表发出另一种铃声，表示此时身处水下五米。上浮时，此处是安全停止的位置，必须先停留三分钟。

　　舟作看了看自己右手里拽着的背带，发现带子断了，并没能把书包一起拽上来。

　　他调高手电筒的亮度，向海底探查。适才自己搜索过的地方，海水浑浊，什么也看不清了。

　　突然，似乎有什么东西反射出手电筒的光来。舟作来回摇动手电筒，找到那个反射源，凝神细看。只见它闪着光，从浑浊的海底扶摇而上，仿佛暗云之中，微微发出光亮的月牙一般。

　　舟作将背带放进贝壳网中，等着这个"月牙"浮到自己的近处来。

　　反射手电筒光线的"月牙"越来越亮，他伸出手，如在暗云中摘月一般，将它捉在了手里。此刻，沮丧与安慰交织。

　　"月牙"原来是一个小女孩用的发冠。舟作的女儿上幼儿园时，几乎每天都戴这种发冠，现在小学三年级了也偶尔会戴一下。可能是刚才拽起背带的时候，顺势从包里掉落出来的吧。只是，发冠镶着数颗宝石，作为小孩子的发饰似乎有些过分华丽了。对着手电筒细看，原来只是小孩子的玩具。

短暂犹豫后，他还是将发冠放进了贝壳网内。

安全停止的时间已过，舟作抬头向水面看去。

从小船垂放到水中的防水灯发着光，上方也没有障碍物。

他调节气阀，减少浮力背心里的空气量以减慢上浮速度。五米的水深，花了大约三十秒钟慢慢浮了上去。

干式潜水服隔绝水冷，出得海面后倒也不觉得温度有什么变化。四周依旧一片漆黑，透过面罩，抬头只见皓月当空，分外明亮。

4

舟作向浮力背心里充气，稳定浮力。等自己如同穿了救生衣，可以安稳地浮在海面上时，心下感慨——终于回到活着的世界来了。

答案找到了吗?

他抬头看着月亮,思考着。

不,还没有找到。

文平似乎是注意到了舟作的头灯,打着电筒朝这边照过来。舟作回了个"OK"的手势。

文平划动船桨,朝舟作靠过来。舟作也向小船游去,抓住垂在水里的简易梯子。舟作在水里脱下蛙鞋,递给文平。文平戴着橡胶手套接过去。然后,舟作解下系在腰带上的贝壳网,也递给文平。文平接过,像打鱼收网一般将贝壳网收到了船上。

舟作担心脚滑又掉进水里,并不立即摘去面罩,而是直接踩住梯子慢慢爬了上去。与此同时,文平控制着船的平衡,等他上船。

他爬上船,向着船头坐下,摘去面罩,解下束带,将背上的气瓶与浮力调节背心一并脱下。这时候,才终于松了口气,不禁长叹一声。

"闹钟没有响吗?"

背后传来文平的牢骚。

舟作一时不知道怎么回答，只好闷不作声。文平过来给他解开潜水服背后的拉链，见他闷声不响，心头窝火，三两下就把拉链给扯开了。

"不管捞到了东西没有，总之，这不是你一个人的事。我一个人也承担不了。要真出了什么事，会给什么人添多大的麻烦，你再想想吧！想清楚了给我牢牢记在心里！"

"不好意思，我下次注意。"

舟作背对着文平，低头赔了不是。

文平取下挂在船舷上的简易梯子，卷起放到海中的锚绳，将锚收到了船上。

舟作解下手腕上的密封带，脱下手套，取下潜水帽，稍微松了松身上的潜水服。

"给！"

文平说着，将一个布手提袋放在了他的身旁。他从里面取出预备好的毛巾，擦干净手和头脸。手提袋里还有文平的妻子预备好的保温茶壶，他取出来，将热茶倒在茶壶盖子里，徐徐饮下，身体由内而外渐渐暖起来。这时他才确实地觉得，自己是活着的。

文平启动船外机的引擎，驾驶小船移动起来。

回去的途中，一旁的光区又映入眼角。习惯了海里面的黑暗，对着突然而来的强烈光线，舟作一时感到目眩。

他像洗脸一样轻轻揉了揉眼睑，再次朝那边看去。只见靠海的建筑物的上方，出现了彩虹。彩虹有三四种颜色。

明月当空，当然没有下雨。估计是那建筑物附近有人在用水，溅起的水雾在强光的照射下成了彩虹吧。

小船驶向渔港，在靠近防波堤的地方，文平关闭了发动机。

舟作操纵船桨，将小船划进渔港。

天还没亮，周围没有人。

船一直划到岸边。舟作先下来，用手抓住船舷，免得它再随海浪漂走。文平也跟着下船，铺好竹片轨道。然后两人合力，把小船推到了岸上。

舟作开始脱去潜水服，文平则去停车场取卡车。

待文平开车过来，两人将小船内的设备又一一搬回到了卡车的载货台上。除了月亮落下去很多外，一切都和来时一样。

开了大约十五分钟的车，两人便到了文平的家。文平的家建在山腰上，小山位于国道和海岸公路之间，须顺着狭窄的上坡道爬到头才能到达。周围只此一家，没有邻居。

选这样的地方盖房子，很符合文平乖僻的性格。或许当地这种怪人很多，少则一间，多不过两三间的房子，零零散散地占据着各个山头，直教快递员们叫苦不迭。这些房子大多是老练的渔夫们建的。据文平说，这些渔夫从小就知道海的可怕之处，选址建房都喜欢地势高的地方。地势高了才能极目远眺，随时观察海上的情况。

两层楼的房子，门前亮着灯。院子里除了文平的小轿车外，别无他物。舟作将卡车停在了小轿车旁边。

院子的角落里设有自来水管道，紧挨着水管的是一个浴缸。浴缸是由拆迁公司便宜转让的，专为潜水打捞所用。两人晚上出发前，在缸里蓄满了淡水。缸旁边竖着一根杆子，上面夹着照明灯。

"我们回来了！"

文平拉开拉门，朝屋里喊了一声。然后从门口拉出备用的电线，插上插头，点亮了浴缸旁的照明灯。

舟作从卡车的载货台上取下潜水设备，一一放进了浴缸内。那个装着打捞物件的贝壳网，也一并放了进去。

文平拧开水龙头，抹好沐浴露，仔细地清洗脸和手脚。待脚下穿的凉鞋也洗净之后，似乎终于松了口气，哼着小曲，取过挂在水管上的毛巾，将打湿的地方擦干。

待文平洗完，舟作也跟着将脸和手脚洗了一遍。

比起现在，四五月份时的气温低，水也很冷。洗洗脸和手脚尚能忍受，但当时两人长时间清洗潜水器材，手指都冻僵了。那以后入冬了该怎么办，目前没有计划。文平也说往后海上的浪会越来越大。所以打捞这件事情到底要不要继续做下去，还要进一步商讨才行。

"小舟啊，洗澡水准备好了！"

门口传来文平的妻子邦代的声音。

邦代年轻时是这一带的海女①，就在眼前的这片海里潜水捕捞。舟作使用的贝壳网，是她曾经用过的渔具。

---

① 海女，即从事潜水捕捞的女性渔民，特指不使用呼吸器和其他潜水装备徒手下潜的女性。

舟作的父亲和文平从小就很要好。即使后来搬家分开之后，两家依旧保持了很好的关系。

舟作小时候每逢暑假，经常住在文平家，和同龄的健太郎一起玩。真正教他潜水的，正是邦代。以前的邦代，即使下潜很久，也不觉得冷或者累，脂肪饱满的身体十分丰润。如今消瘦不少，皱纹也多了，明明只有六十四岁，看上去却比实际年龄要老十岁。

"你先去洗澡吧!"文平吩咐道。

舟作依着吩咐，拿毛巾擦干身体后，走进熟悉的房子里。来到浴室，他先从头到脚冲洗一遍，再爬进浴缸里浸泡身体，舒缓疲劳。从浴缸里出来后，打起精神把头发和身体又洗了一次。

洗完澡穿上衣服到院子里时，文平正戴着橡胶手套，从贝壳网里取出捞到的东西，一件一件摆在了铺开的蓝色塑料布上。眼镜盒、月票夹、钥匙扣、手机、幼儿园小朋友用的书包背带、发冠。

在海底暗淡无光的东西，如今一个个现出颜色来。红色、米黄色、银色、金色、黄色、粉红色，连同塑料布的蓝色，缤纷多彩，一并映入舟作的眼帘。

"这回收成还可以！这个眼镜盒比上回捞到的假牙盒子成色好些啊。不过假牙盒子好认些，失主可能更满意吧。这个月票夹子也不错，里头有就诊卡，名字应该还看得清楚。这个手机，他们应该很满意！"

文平颇中意地说着，突然话锋一转，煞有介事地皱起眉头。

"不过，这根带子是个啥子？这种东西捞起来干什么？"

"好不容易才找到的。咱们先别管，听人家怎么说吧。"

舟作应着话，戴上备在一旁的橡胶手套，往泡着潜水设备的浴缸走去。

"好吧，也不是不行。但这个呢，能行吗？"

文平拎起那个发冠，半信半疑地嘟哝道。

"这只不过是个小孩的玩具。上面的假宝石，都是拿塑料做了粘上去的。"

舟作自己也有点担心，但还是自言自语似的回答。

"这谁看不出来？但是……唉，算了，我们开始吧！"

文平打开水龙头，抓着刷帚，点上洗洁精，开始刷洗放在塑料布上的东西。眼镜从眼镜盒子里取了出来，就诊卡也从月票夹里抽了出来，这些东西的内部也得仔细地洗干净。

同时，舟作也勾着腰，一一清洗泡在浴缸里面的潜水设备。洗完一遍，放干水，然后灌满干净的水，又洗一遍。洗完后，将潜水服和背心挂在了文平家的晾衣竿上。其余的器材，也都一一摆在了院子角落里的一张长椅上。

长椅是二十年前健太郎从家具店买来的。他说，打鱼归来坐在这椅子上，看着海喝一杯是人生幸事。

文平清洗结束后，连上吹风机，将洗干净的物品吹干。

天上的月亮渐渐隐去，东方既白。

舟作将卡车的载货台也冲洗了一遍，这才告一段落。

"我这边也好了。来测一下吧！"

文平做完手里的事，从屋里拿来放射性检测仪。

"把胳膊抬起来。"

依着吩咐，舟作站在文平身前，伸开两臂，举到与肩同高的位置。

文平左手拿着检测仪，右手拿着像熨斗又像吸尘器吸头的东西，用前端平滑的部分一一滑过舟作的头、脖子、肩膀、胳膊、手掌、手指、腋下、侧腹、腹部、胯骨、大腿、小腿和脚趾。之后吩咐舟作转过身去，再次检测他的头后部、耳背、脖颈、背脊、腰部、臀部、小腿肚和脚底。全身上下，左右前后，无一遗漏。如此才终于放心地对舟作说：

"嗯，没问题！"

接着，舟作接过检测仪，将文平全身也检查了一遍——包括穿过的拖鞋。结果并无异常。

然后是潜水器材和潜水服的受污染程度，也没有问题。

最后是从海底捞起来的物件。

"怎么样？"

文平凑近来看检测仪上的数字。还好，每一件都低于基准值。

"最怕的就是这个过程。看不见的东西，到底习惯不了啊。"

他长长舒了口气，将检测仪放回到屋里，出来时又提了个箱子。箱子是搬家公司搬运玻璃、陶瓷等易碎物品时专用的，里面有缓冲材料。

舟作接过箱子，将捞来的物品一件一件间隔着放了进去。

"小舟，肉烤好了！"

屋里传来邦代的声音，肉香也随着飘进了舟作鼻子里，肚子里的虫子开始叫唤起来。

他一时觉得饥饿难耐，身子甚至发起抖来，坐立不安。他迅速关上箱子，丢到小卡车的副驾席上，几大步便迈进了屋里。

自从事这不同寻常的潜水打捞以来，不知道为什么，每次从海里回来，他都非常想吃肉。不论什么肉，那种有嚼劲、还滴着血水、吃上去令人感觉仿佛在撕咬生命一般的肉尤其好。

舟作坐在文平家的餐桌边，默默吃着邦代烤好后夹到盘子里的肉，觉得渴了，就喝啤酒。

他大快朵颐，将肉咬碎嚼烂，吞入腹中，仿佛吃进去的都化作了自己的血肉。如此，才终于填饱了肚子。

吃到十二分饱，倦意袭来。健太郎的房间空着，舟作走进去，小睡了一会儿。

5

早上七点，舟作独自开着小卡车，从文平家出发了。

估计此时文平正磨着牙，鼾声如雷吧。邦代站在门口，挥手送他出了门。

潜水器材尽数存放在了文平家，卡车是空的，就像他昨晚刚到时一样。他甚至把水下照相机也留下了，只抽出了SD存储卡。

舟作从海岸公路驶入国道。北上的汽车连成长线，与往常一样，堵得水泄不通。

除了少量轿车以外，都是卡车或者载满了人的面包车，车里全是去灾区的工作人员。听文平说，工作日里，国道从早上六点就开始堵车。

此时反向车道是空着的，舟作一路南下，去一个人口超过三十万的城市。刚刚与他擦肩而过的那些从事灾后重建的人们，晚上也多投宿在那里。

他来到一家位于市中心的二星级酒店，将自己的小卡车停在了酒店的露天停车场里。周围全是小轿车，其中还有看上去很洋气的外国车。小卡车仿佛"鸡立鹤群"一般，令舟作觉得对不住酒店，他准备只停一个小时就离开。

提上装着打捞物件的箱子，舟作走进酒店。他身着运动装，脚踩凉鞋，感觉颇有点格格不入。所以目不斜视，径直走向电梯间，上到指定楼层。这已经是第七次，每次都在同一个房间。时间刚刚好，按下门铃后，里面传出一个男人应答的声音。

"我是濑奈。"

舟作报上了自己的姓名。

一个不胖不瘦、中等身材的男子立即打开了房门。他身着素朴的灰西装，打着藏青色的领带，戴着黑框眼镜。头发刚刚剪过，梳得整整齐齐。

"您辛苦了。"

此人名叫珠井准一，长舟作五岁。他深深鞠了一躬，请舟作进门来。

这是一间套房，进门便是客厅。

"今天又让您受累了，一切都还顺利吧？"

珠井恭敬地问。

"嗯，没事。"

舟作简短回答道。

"检查结果怎样？您二位，还有找到的东西，都一切正常吗?"

"嗯,结果都在基准值以下。"

听到回答,珠井的脸上浮现出舒心的笑容。

客厅里摆着一套沙发,颜色稳重;旁边有一张桌子,上面收拾妥当,什么也没放。舟作走到桌前,将箱子正面朝上放了上去。

房间里没有点灯。淡淡的晨光透过窗户上挂着的窗纱,照到房间里。阳光下,舟作打开了锁扣。

珠井走过来,背对着窗查看箱子里的物件,不由得长长吐出一口气来。

"这回找到的东西,看上去大都很好辨认失主啊。"

他尽力压制自己的兴奋,但声音听起来还是很喜悦。

"这回运气好,找到了一个包很多的地方。"

舟作回答。看珠井这样高兴,他的声音也有些激动起来。

"真是太感谢您了,肯定会有人因此而高兴的!"

原来高兴的人里并没有你啊——舟作看着珠井,心里想着。

这个人,舟作希望他能开心。

珠井家所在的海滨小镇，大灾之后即被划作危险区域，禁止入内。至今还被指定为返回困难区域，可进入的次数和时间都被严格限制。区域边界上设了路障，还有警备员站岗查问。小镇的居民即便想回去寻找亲人和物品，也往往不能如意。

不唯他家所在的小镇如此，从国道分出的岔路口和靠近国道的房屋门口，都设有路障，长长地延伸开去。当时珠井看着这些路障，心灰不已，突然有了绕道海上的设想。

海里面没有路障，更没有查问的警备员，要是能从海里绕道进入小镇，不就可以自由地搜寻了吗？珠井跟熟识的人探讨自己的想法，可大家都只是摇头，说重要的东西都被卷到海里去了，如今街上什么也没有。他心想也是，滔天巨浪席卷而下，比起陆地上，现在海里面应该能找到更多东西。

那么，有没有可能真的从海底找到些什么东西，来追寻那些下落不明的人的命运？

珠井下定决心，费了好些时间和精力计划起了潜水打捞一事。

为求开船去那片海域的渔夫，他找到了文平；为求潜水员，经文平推荐，他说服了舟作。

这次打捞起来的物品中，作为发起人的珠井一件都没有印象吗？舟作在心里期盼着。

只见珠井伸出手指，悬在眼镜盒上方，仔细打量。接着是月票夹，钥匙扣。到手机时，更是细细端详，久久不移视线。

"难道是……"舟作不由得心往上提。

但他还是移开了视线，盯住发冠。

"啊……"

随着一声轻叹，他镜片后细长的眼睛突然暗沉了下来。

舟作也有预感，身体跟着紧张起来。

珠井迅速地戴上了提前备好的软布手套。舟作注意到他左手无名指上，戴着一个金色的戒指，颜色已经稍显暗淡，看上去几乎是嵌在无名指上一般。

舟作自己总是不能习惯金属的触感，所以即便结了婚，也从不戴戒指。妻子知道这一点，也并不责怪。

戴着和珠井一样戒指的那个人，至今仍然下落不明。他们的女儿，当时十四岁，也一直没有找到。

"濑奈先生，这个不行。"

珠井戴着手套，小心地捏住发冠的一角，拿起来对舟作说道。

发冠很粗劣，连仿制品都算不上。但他还是指着发冠上五颗塑料做的几乎一文不值的玩具宝石，严肃地说："这个，真不行。关于这一点，我想我已经跟您讲过多次了。"

舟作听着，忍不住直眨眼。每当感到惶恐的时候，舟作眨眼的次数就会增多。

"您说的我明白。我，我找到了一个手提包，里面有钱包。钱包好好放回去了……不过，我把月票夹捞起来了，再就是这个发冠。这发冠怎么看都只是个玩具，我家丫头也有一个和这个很像。"

他以他的方式，费力地挤出些话来，试图解释。

"我当然知道这是个玩具。即便隔远了看，也看得出来。"

珠井的声音很轻，语气却重了许多。他把发冠放回到箱子里，眼睛盯着眼前这些物件，仿佛它们现在就沉在海底一般。

"濑奈先生，这些东西，都是从那片海下面找到的，对吧？都是被海浪从镇上卷到海底去的，没错吧？"

他伸出手指，分外爱惜地轻轻触摸这些物件。

"这些东西，每一件，对镇上的人来说，都是无可替代的。或许旁人看起来，不过是不起眼的玩具和眼镜盒。但即便是这个随处可见的月票夹，只要有人认出它，知道它是自己珍惜的人用过的，那它就比金冠还要贵重，还要光亮。然而，若真是金冠，我们是不能把它捞回来的。万一我们下水打捞的事情传出去了，会有人误会我们是为了金银而铤而走险的。他们会说那么黑的海底，仅凭手电筒那点光绝不可能知道这是个玩具，或者说，你们肯定是看见发冠上镶了宝石才捞上来的。只要有一个人这样怀疑，那我们做的事情，就要被彻底否定了。"

珠井的声音听上去，有不甘，也有苦涩。

为什么自己不得不做这种可能犯罪的事情呢？作为受害者，无论怎样都想找回自己失去的东西，为什么却只能偷偷摸摸，束手束脚呢？珠井强忍住胸中翻转的苦痛，转过脸，对着窗户长叹一声。他努力平复自己的情绪，说道：

"真是对不起。您不顾自己的健康，深夜里冒着生命危险为我们潜水打捞，我却说这种话来教训您。您肯定是想着要是有会员能认出来会高兴，才带回来的吧？"

他一直背对着舟作。

"不，是我太轻率了。正要上浮的时候，这个发冠突然漂到面前来了……我也知道我的想法听起来很愚蠢……就是，我当时感觉这个发冠漂过来，好像是在说：请把我带上去吧，带到爸爸妈妈那里去。不知道为什么，当时就是这样觉得，所以带回来了……抱歉。"

舟作低下了头。

"不，不，您的想法一点也不愚蠢。"

珠井转过身来，声音几乎要听不见，但满怀真情。

"我们每个人不都是这样的吗？但凡有个什么，就想这是不是某个孩子或者某个人在示意些什么。他们肯定是想对我们说些什么，让我们知道些什么。我也一直是这么想的。曾经是，现在也是。这样的想法，能叫愚蠢吗？至少在我们之间，是不会的。"

舟作的声音卡在了喉咙里出不来，只好点头。

"但是，这个发冠，还是不能拿给会员们看。我就当没有看见过这个发冠，您就当没有从海里捞起来……您看这样可以吗？"

"好的。跟之前一样，我把它放回海里去吧。"

"那就拜托您了。哦，对了，给您这个装发冠吧。"

珠井说着话站起身来，朝房间角落放电视机的桌子前走去。桌子上放着十来个大大小小的盒子，边长十厘米到五十厘米不等。他从中挑了一个中等大小的，拿了过来。

打开盒盖，他用戴着手套的手将发冠放了进去。盒子里面，已经预先备好了缓冲材料。

这些盒子，都是被珠井称作"会员"的人们备下的。会员们检看舟作打捞起来的物件，若发现属于家人或者自己珍视的人的物件，就用这些盒子装起来带回去。

据说现在会员约有十人。他们都在那次海啸中在那个小镇上失去了自己的亲人。起初，因为担心给人招惹麻烦，珠井本打算独自做这个计划。但是好友们听说后，都要参加。考虑到有同样想法的人应该不少，于是通过互相介绍的方式，又招募了一些值得信任的人成为会员。会员们各出会费，用来支付给文平和舟作的报酬，并维持活动其他的开支。

从海里打捞起来的物品，若无会员认领，则约定由珠井代为保管。

"今后还要劳烦您开船去那片海上。下次潜水的时候，请把这个发冠放回去吧。算起来，您下次去得一个月之后吧？日程安排是怎样的呢？什么时候月亮正好，您时间上也合适呢？"

珠井说着话，从上衣里袋里掏出记事本来。

"四个星期后的周二晚上。前一天是农历十五，满月。到了十六，月亮大概晚上六点多出来，早上六点半左右落下去。要是这一天的月亮不被云遮住，海上也没什么风浪的话……"

舟作在心里计算着月亮的圆缺，回答道。

珠井听着，在记事本上确认了日期，点了点头，说：

"嗯，如果这一天不行的话，再下周的周二是半月，勉强应该可以；再往下周的话是新月，不行；再往后推一周的话，月亮落得太早，海上没有月光。"

"所以说如果天气不好的话，下次潜水可能要等到两个月之后的满月。当然，到时候也还得看天气如何再决定。"

"要是这样的话，还是请您尽早开船过去，把它送回到海里去吧。不小心被别人看到，就不好了。"

"好的，我知道了。之前也是拜托文平叔装作去钓鱼，把那些物品送回了海里。"

舟作从海底打捞起来后、珠井摇着头又让他送回海里去的物品，包括手表和玩具戒指。

"回头我要向会员们汇报情况，您能给我讲讲在海底找到这些物品的经过吗，当时是怎样的状况呢?"

珠井引舟作在沙发上坐下，并从壶里沏了一杯预先煮好的咖啡，端到了他的面前。

于是，舟作将这次潜水的情况如实说了一遍。包括海上的状况，海底的所见，自己是如何采集这些物件，这些物件当时是什么状态，除此之外还找到了什么。

珠井用数码录音棒录着音，并在笔记本上记录。遇到没有听明白的地方，则再三询问，努力抓住舟作所说的每一个细节。

"照片，您都拍下来了吗?"

舟作应着声，将SD卡取出来递给了珠井。

珠井取过SD卡，插到事先准备好的电脑里，将照片调了出来。

舟作在一旁，一一说明拍的照片。这个过程，同样全部录音，并将内容记录在笔记本上。

按照活动惯例，待会儿舟作走后，会员们会聚集到这个房间里来，确认他打捞上来的物件并听珠井代为介绍打捞经过。

珠井在县里做公务员，待人处事直率而沉稳。在向会员们解释打捞过程的时候，每次都力求做到仿佛亲眼所见，提前设想会员们可能提出的问题，然后一一向舟作询问清楚。对于同一事实，他也从不同角度重复确认多次。

因此，舟作每次来汇报的时候，都不由自主地生出一种和潜水时不同的紧张感。等到珠井心满意足，终于合上笔记本关闭录音笔的时候，他几乎如虚脱一般疲惫不堪。

真想就这样坐在沙发上休息，但是他心里明白差不多自己该离开了。看了看表，会员们大概会在一个钟头后来到这个房间。会有人是这次打捞物件的主人，或者认识这次打捞物件的主人吗？他们会因此开心吗？他在心里想着。真想跟他们见面，直接说明自己发现这些物件的经过。

但仅仅面对珠井一人，就疲惫如此。若是直接跟会员们见面，一一回答他们的问题，估计精神肯定会支撑不住。

珠井最初计划这件事情的时候，就表示为了可以长久合作，双方要保证互不认识。这样有两点好处：一、舟作和文平在海上打捞时万一被海警发现，两人可以坚称这件事并无他人参与；二、会员中若有人不小心走漏消息，被警察发现有人擅自从那片海下打捞物品，也不至于查到舟作和文平头上。

"实在是辛苦您了，感激不尽。这个请收下吧!"

珠井从手边的包里取出两个信封来。信封里装着东西，微微鼓胀。

舟作低头致谢，接过他和文平的报酬。为了不留下证据，酬劳每次都是给现金，从不通过银行汇款。

然后，舟作默默拿起装着发冠的小盒，在珠井的指引下走出房间。

关上房门前，珠井深深鞠躬致谢，舟作也深深鞠了一躬作为回礼。

下到一楼，舟作一边注意着酒店工作人员的目光，一边埋头往门口疾步走去。他这身穿着走在酒店里，和穿着西装革履去渔港一样，委实太扎眼了。

走过大堂一侧的开放式咖啡厅时，注意到有人突然站了起来。舟作停下脚步，如同在海里瞥到鱼时一样，习惯性地朝那人看去。

若是平常，一眼看罢，就该回神继续往前走；这次却收不回来了。

女人站得笔挺，看上去纤细，却明显蕴藏着肌肉。这是一具令人遐想无边、柔韧而有弹性的肉体，仿佛短吻海豚般健美的海兽。

女人也注视着舟作。

舟作心想，照理说，这种女人是不会对自己这样的乡巴佬多看一眼的。她的头发梳理得光滑整齐，分成几股盘于脑后，看上去淑丽雅致，完全不同于用橡皮筋草草绑一下的妻子，也不同于他身边所有的女人。

她眉带锋芒，鼻梁高挺。双眼皮很宽，看上去似有三重，眸子润泽闪亮，使整个人如出水芙蓉一般，清新脱俗。嘴唇红润，透着自然的光彩，微微张开，带着点欲说还休的味道。

米黄色的长裤套装很好地描画出她身体的线条来。反光的面料，更显得胸部饱满，腰肢纤细，看上去如日照下的水面一般。

舟作一时胸中躁动，全身的血液似乎要沸腾起来。

要是一直这样盯着她婀娜的曲线看下去，定会生出非分之想。他觉得羞惭难当，慌忙移开视线，走出酒店大门。

平常的自己不是这样的，自从在那片海里潜水以来完全变了。舟作觉察到了这一点。

而且他一般是不吃肉的。生长在渔村的他，几乎只吃鱼。

年轻时，他激情似火，性欲从未淡过，但结婚之后，便再也没有和妻子以外的女人睡过觉。而自长女出生，夫妻之事便变得极少。等有了儿子，妻子忙着照顾两个孩子，自己需要兼顾工作和家庭，更是没有多少精力。偶尔碰上结婚纪念日这种特殊的日子，好不容易产生的兴致又常常被孩子的哭闹搅黄。加之大灾之后，他永远地失去了父母兄长，以及曾一同出海捕鱼的同伴友人，更是亲眼目睹了自己生于斯长于斯的家乡化作废墟，不知不觉间，对男女之事失去了兴趣。

今天这样的冲动，太不正常。

灾难发生的时候，舟作伤了腰在家休养。本来打算和父母一起打扫渔船、重新布置船舱并修理发动机的，因腰伤不得不作罢。于是，刚从水泥厂下夜班的哥哥空着肚子顶替了自己。

他的两个孩子分别四岁零七个月和两岁零八个月，平常寄托在海滨的保育园里，傍晚才接回家。那天因为他在家，孩子们也想和爸爸在一起,三人便在建在坡上的家里没有出门。妻子当时在山坡中间的一家服装店做零工。

山摇地动之时,他将孩子搂在两臂间。不多时,妻子匆匆跑回家并阻止了准备去渔港看看情况的他。不久,就收到海啸的消息。幼子在侧,自己又腰疼难耐,舟作便听了劝阻,一家四口去了更高处避难。当时情势危急,不得不在避难所短暂停留。等大水退去,终于可以去渔港查看时,已是两天之后。

腰疼稍稍缓解,舟作就缠着护腰带,冲进尘埃中搜寻父母和哥哥的下落。从坍圮的房屋缝隙里,他救出了一个幸存者,另外便是一具一具的遗体。

尘埃满天,仿佛无穷无尽的生了翅膀的白蚁。

最终,在掀翻在岸的船里,他发现了父母和哥哥的遗体。

此后,舟作也一直参与搜救活动。只不过说是搜救幸存者,实际上却是搜寻和安葬遗体。如此日复一日,他差不多就要忘却自己尚还活着这件事了。

灾后复兴,人们一点点清理受灾的渔港和街道。各界人士为了恢复生产生活,竭尽全力。这一切,舟作看在眼里,却无论如何也没了修好渔船再去捕鱼的意愿。

因为担心空气污染，住在关东①海边的幼年好友邀舟作搬家同住。妻子和孩子们先去了那边。听妻子说，山摇地动间，孩子们目睹了海啸的凶暴，又眼见亲爱的爷爷、奶奶和伯伯的遗体，对故乡心生恐惧，不愿意再回来了。于是，舟作决定去帮好友做事，也离开了故乡。

"我真的还活着吗？"

即便搬了家，心里还是难消这个疑惑。

此间，孩子们一天天长大。刚想着两个孩子终于又一起去保育园了，倏忽间姐姐已经进了小学；不多时姐姐年级更高，弟弟也进小学了。如此，看着孩子们茁壮成长，一刻不停，舟作总算是重获了与家人在一起的生活。

至于性的欲求，无论是精神上还是肉体上，舟作再也不能如往日了。这并非是他与妻子之间有什么问题，而是在日常生活中，他再也感觉不到性欲了。即便看到泳装少女，或是裸体

---

① 关东，指日本本州中部濒临太平洋的一个地区，由茨城县、栃木县、群马县、埼玉县、千叶县、东京都、神奈川县所构成。

照片，他也丝毫没有冲动。

而这，自他在那片海潜水以来，变了。

6

舟作开着小卡车进入国道北上而去。此时，交通已经不堵了。

他在文平家南面的小镇下了国道，到达一家海景家族餐馆的停车场，把小卡车停在了文平的微型汽车旁边。

海上浮着渔船。当时这里的浪头也很大，所幸离震源地很远，渔港和船只并没有损坏。但即便如此，也和文平那里一样禁了渔。

听说这一带受灾区不在海边，而在内陆。内陆地区很多房屋倒塌，许多人遇了难。

舟作环视店内，找到了文平。他正吃着看上去很甜的奶油冰激凌。

他将装着发冠的小盒夹在腋下，走到吧台前，拿起杯子准备接咖啡，转念选了可可。这并非是受了文平的刺激，而是因为感到疲劳，想吃点甜的。点完甜品，他走到文平的对面坐下，将小盒放到了自己的旁边。

"怎么样？人家满意吗？"

文平的嘴唇上沾了白色的奶油，笑着问。

舟作取出装着他的报酬的信封，递了过去。

文平迅速地接过信封藏到桌子下，拈出钞票的一端，清点起来。

"你当时点清楚数了吗?"

"没有……"

文平并不抬头，咂了一下嘴，接着说道：

"我不是跟你说了很多遍了吗？钱这东西，就得当面点清。不管那个人多讲信用，是人就免不了犯错。要是事后少了一张，你跟人说'不好意思，还差一张'，人家也只会怀疑是你自己抽走了一张。我可是替你父母给你的忠告，这种事情你不烦吗?"

"那个人肯定亲自数过的。照他的性格，肯定很谨慎地数了好多遍。"

"嗯，毕竟是公务员嘛。但是，人是没有区别的。好，数目不错。"

文平数完钱，这才抬起头来。舟作将装着发冠的小盒，递到了他的面前。

"这个发冠，还请您送回到海里去。"

"果然不出所料。那人真谨慎啊，之前的玩具戒指也说不行。"

"那就麻烦您了。"

舟作站起来准备走，文平招手叫住了他。

"舟作，那个，我嘱咐你的事，叫他们再稍微加点价的事，你跟他说了吗?"

"没……"

文平皱起眉头，拦住要走的舟作，倾身靠了过去，压低声音说:

"我昨天晚上不是跟你说了吗，比起我们当初定这个事的时候，现在油也涨价了。而且我家的负担，也比预想的要大。保管器材不算，还得供你睡觉、吃肉。"

"不是说了我会付给你钱的吗?"

"你给钱算什么吗? 这是办这件事的必要经费，我们得跟他交涉。你心里也清楚，我们以身犯险不算，要是被海警抓住，还得担全责……你先坐下，坐下!"

文平拉住舟作的袖子，强留他坐下，靠近脸来，接着说:

"照当初定的，在那海里潜水只能算是我们两个人的决定。没有谁托我们做这事，顶多算我们仗义。这些我都知道，也认了。要是被抓住了，不论谁来问，即便进了法院，我也就照这样说。"

店员拿着结账单走过来，文平不得不放下舟作的袖子，闭上了嘴。待其转身离去后，又抓住了舟作的袖子:

"可是，这事即便全算我们的，也不是那么简单。你跟我们渔联①是没关系，但我要是在那片海上出了什么事，被渔联盯上，搞不好可是会被罚款的。"

"这个听您说了好多遍了。"

舟作想挣脱被抓住的袖子，但他并不放手。

"我说几遍你也给听着。再就是你婶娘，这是我头回跟你说啊，我本来不想让她掺和进来的，叫她只当不知道，睡觉就

---

① 渔联，即渔业联合会。

好。她却当你是跑出门的儿子回来了，兴冲冲地跟着忙活，又叫你洗澡，又叫你吃肉，声音听着美滋滋的。你婶娘这也够算共犯了！"

文平终于松开舟作的袖子，靠回椅背，叹了口气，声音总算恢复到和平常一样，接着说道：

"这些事要是我一件一件去说，人家听着也硌硬。你本来话不多，要是你跟他说上一句，让他再稍微加一点，人家肯定能理解我们的。"

"人家也是在勉强维持。"

"会员不是越来越多了吗？"

"照我想不会。自己想找的东西，真能从海里捞上来的概率很低。即便自己想找的东西捞不上来，也得摊会费，愿意这样的人没几个吧。会费可不便宜。"

"肯定有。那地方，照理说被冲到海里去的东西，根本不可能捡回来。但是现在，这些东西有可能捡回来了，不可能变成了可能。说起来，也算是个奇迹。要是我——这么说你别信——不管攒了多少钱，要是知道有可能捡回来，我就愿意赌一把，多少钱也在所不惜。我有几个出海打鱼的同伴，也曾住

在那里，我能理解。要是我老婆或者孩子，或者现在在九州的
女儿和她的孩子的话……你也是经历过的人，你不会不明白
吧?"

"……我明白，所以才不愿意趁火打劫。"

"这哪叫趁火打劫?!"

文平的声音突然高了起来。

尚不到午餐时间，餐厅里没有什么客人，他一嚷，大家都
朝这边看了过来。

文平红了脸，抓了抓已经花白的头发，低下眉目继续
说道:

"珠井不是也说过了吗，该怎样就怎样，不要本着同情
心做事。本着同情心做事，人免不了要勉强自己。比方说，你
去潜水，计时器明明显示时间到了，你却偏偏要多潜个两三分
钟。这么干，很可能要出事的呀! 万一真出了事，惹上警察也
麻烦。那个人担心什么，你心里也应该有数。我和你要是因为
去了那片海上，生了病什么的，那些人作为委托人，良心更会
不安。所以说，人家才让我们就当这是商业合同，冷静做事。
所以说，应该跟他们要的，就得好好跟他们讲明白。这事打最

开始，不就跟你说清楚了吗？嗯？你倒好，潜水超时六分钟！还在我面前说大话充好汉。"

舟作听着，脑子里滑过几句想回文平的话，不过转念又预想到他可能会有的态度和说辞，干脆闭口不言了。只伸手从裤兜的信封里抽出一张纸币，放在文平的面前。

"这是烤肉钱，您替我转交给婶娘吧。"

话罢起身，伸手去拿结账单。

文平抢着把结账单攥在了手里。

舟作只是沉默，文平也不看他，拿起面前的钞票塞进了口袋里。

将出店门时，餐厅女店员正好从舟作身前走过。他的视线不由自主地从她白色的腿肚滑向腰间，感觉身上的血又沸腾了起来。他赶紧扭头出了店门，一头扎进小卡车里去。

坐在驾驶台前，脑海里又浮现出在酒店大厅看到的那个女人来。看起来二十八的样子，不，应该没这么小。三十二？三十三、三十四？东京那边的女人，即便到了这个年纪，也会化妆，又常去健身房锻炼，身材保持得好，还注重时尚，看起来年轻又水灵。我这样的男人，怕是没戏。

然而，却难抑心中的冲动。他想把那女人置于身下，随意摆布。

不，这样的冲动，是结婚之前的自己才有过的。

但是，冲动又一次涌上了心头。舟作真想立即狠狠搂住那女人的细腰，撕咬一般地去吸吮她雪白的脖颈，分开她美丽的双腿，与她合为一体。这样，她的身体，由内而外都变成了自己的东西。一时脑海中浮想联翩，兴奋不已，他攥着车钥匙的手竟微微颤抖起来。

为免开车出事，舟作勉强按捺住心头的躁动，从国道上了高速。高速上没有其他车，小卡车一路飞驰，咔嗒咔嗒发出一阵阵悲鸣。中途遇到服务区，舟作也不休息，狂奔了近两个钟头，在离家最近的出口下了高速。

等红灯的时候，他掏出手机拨通了电话。对方迟迟不接。

"真是，在干什么！"

他嘟囔了一句，挂了电话。下一个红灯，正准备再拨的时候，对方打了过来。

"他爸，你给我打电话了吗？不好意思，刚刚有客人。"

绿灯。

"我大概过个二十分钟就到。你准备一下，我们出去。"

车列开始流动起来，舟作挂了电话。

二十五分钟后，他开到繁华街外的一家卡拉OK店前停下，店门前一个人也没有。

本想大声按喇叭，强忍住，还是拨通了手机。妻子从店里走出来，穿着店里的制服。那制服的设计看上去像银行职员的，但颜色是更为鲜艳的橘黄色。她肩上挂着常用的挎包，里面应该装着替换的衣裳。

看见小卡车，她避开周围人的视线，快速地钻进来坐到副驾驶座上。舟作立即换挡，踩下油门。

妻子名叫满惠。上得车来，一时气喘脸红，摊开手掌像扇子一样扇动着，并从后视镜看着远去的店面。

"该不会被店长看见吧？店里的制服不能穿出来，交班的人迟到了，又来不及换，让你等久了吧，又怕你心情不好。"

满惠说着话，这才转过头来看着舟作，露出了笑容。

因为要在店里接待客人，她稍稍化了妆。平时在家，她要管教孩子，还得操持家务，忙碌不已，根本顾不上化妆。现在看起来终于有了点作为女人的魅力，惹人怜爱。身上橘黄色的制服，颜色鲜艳，使得即便已经三十六岁的她，看起来也像小姑娘一样。舟作按捺不住，不禁用力抓住了她从短裙下露出的膝盖。

满惠惊得身子一颤，但并没拨开他的手。

等红灯的时候，舟作的手从膝盖滑向大腿。

到底还是由不得他胡来，满惠隔着裙子捂住舟作的手，低眉嗔道：

"小心出事。"

路灯转绿，舟作这才把手从她身上拿开。大约五分钟后，卡车驶入一条街道后巷，在两人常去的情侣宾馆的停车场停了下来。

舟作从驾驶台下来，大步向宾馆门口迈去。满惠把包抱在胸前，生怕别人看见自己的制服似的，猫着腰跟了过去。

一进宾馆，入眼便是张贴于侧墙的房间照片。凡是亮着指示灯的，都可以使用。顾客只要选定房间，按下按钮，从下面的取物口就能拿到掉出来的房间钥匙。发现以前用过的房间已经有人，舟作便随便选了一间，拿起钥匙向前走去。

"哎哟，真是提心吊胆。要是让人看见我穿着制服进情侣旅馆，给说到网上去，那可怎么办哪!"

满惠嘴上说着担心，却似乎也终于舒了一口气，把包放在了沙发上。

舟作随即关上门。关门声将落未落，他便靠近满惠，将她搂在怀里，吻了上去。再也按捺不住自己的兴奋，他伸出舌头，撬开对方的双唇，探吮舌头。满惠勉强应着自己的丈夫，直到他左手抓住臀、右手像鹰爪一样捉住了胸，才硬推开他。

"他爸，不行! 他爸，我说了不行! 这是店里的制服，人家明天还要穿着上班呢!"

舟作只得勉强压住胸中腾起的火，将妻子松开。

这个女人在这里，不会逃跑。她是我老婆，是我的女人! 我会在这里把她压在身下! 心里想着，眼睛狠狠盯住满惠，仿佛要用眼神印证自己的这些想法一般。

"我去洗澡，你先把衣服脱了等着。"

话罢，扭头进了浴室。

从那片海上来后，舟作在文平家的浴室里近乎执拗地洗净了身体和头发，但想到接下来要和女人肌肤相亲，想到自己要进入到妻子体内，他更加仔细地把指尖、指甲缝，乃至胯股间的褶皱都又洗了一遍。

洗完澡，舟作在腰间围上毛巾，从浴室走了出来。满惠正穿着浴袍，站在电视机前，端详着手里的什么东西。

"这是之前的房客掉下的吧，我把它送到前台去。"

定睛一看，发现她手里拿的是一个大人用的银色发冠。

霎时仿佛受到了讯问一般，舟作又羞又恼，气不打一处来。

"少管闲事，丢开!"

伸手夺过发冠，扔到了墙角。

满惠讶异不已，正待扭头去看，却被怒气冲冲的舟作扭过肩来。他重重地吻住嘴唇，不耐烦地解开满惠的浴袍探进手去，发现她仍穿着胸罩和衬裤。

"不是叫你脱掉吗?"

一边近乎训斥地说着，一边将手往她的腰下滑去。

"他爸，不行，我也要洗澡。"

"没事……"

舟作的手伸进满惠的衬裤里，满惠慌忙后退。

"不行! 昨晚给水希重新做了装工具箱的手提袋，晓生又突然说要抹布,只好抽空给他做了两块,做完后太晚都没来得及洗澡。所以,绝对不可以!"

听着觉得聒噪,舟作拉起对方的手一起进了浴室。进门便解开她浴袍的束带,又扯下她的胸罩。丈夫来势汹汹,满惠一时像失了魂一样,任由他摆布。当舟作为她脱下衬裤时,她自己把脚迈了出来。

引满惠进浴缸后,舟作自己也跟了进去。他打开淋浴阀门,调节好水温,一边拿着花洒为对方洗身子,一边迫不及待地吻上了她的唇。他将花洒对准满惠的乳房,冲去汗水,便立即吸吮上去。满惠一声娇喘,轻轻抱住了丈夫的头。接着,舟作一一爱抚她的后背、臀部以及胯股间。

满惠不断地喊着舟作的名字。

听在耳里,已然心急火燎。舟作等不及将她带到床上去,直接就着浴缸边坐下,分开她的双腿,令她跨坐在了自己身上。

"他爸,有点疼。"

声音有些嘶哑。

环抱住腰,舟作等着她的身体适应自己的部位。满惠也微微调整姿势，保证两人的身体笔直相连。看好时机，舟作深深地进入了对方的身体，仿佛要将自己的一切都埋进去。

开始略有疼痛，满惠忍耐似的紧闭着双眼和双唇。

终于，舟作可以满足自己的欲望了。他稍稍安下心来，稳住身体不动，饱含怜爱地抚摸着满惠的头，又一次轻轻吻上她的唇。

唇舌交缠之间，与满惠相连的身体早已按捺不住。

"可以动了吗？"

满惠闭着眼睛，点了点头。

抱住她的后背，舟作慢慢动起来。然一旦动起来，他便再也克制不住自己的冲动，不由得想要更深更快。满惠的喉咙像被堵住了一般，娇喘连连。

舟作停下动作。

"你可以吗？"

满惠后仰着脖子，连着点了几次头。

"嗯，没事……"

这回答，允许了一切。

舟作什么都顾不上，尽情运动了起来。有意无意之间，满惠将手放在他的肩上，微抬身体，似要逃脱。他立时将抱在后背的手扣到肩上，拉了回来。听着妻子不知是苦闷还是愉悦的喘息声，舟作的唇齿在她细细的锁骨和脖颈间纠缠，仿佛要撕破她的皮肤一般。

浴缸边缘毕竟太窄，时间长了，难以维持平衡。不得已，舟作停了下来，伸手从腋下将她扶起，然后跨出浴缸，拉住手，准备到床上去。

"他爸，身上是湿的，先得擦一擦。"

"宾馆的床，管它干什么。"

"身上有水不舒服啊。"

满惠停下来，拿起浴巾，给回过身的舟作擦拭身体——胯股间也擦干了，并不羞臊。然后叫他转过身去，又一一擦干后背、臀部和腿上。

突然，舟作的脑海里闪过体表污染检查的事情来。

他扭过头，看着正给自己擦拭的满惠道：

"不是跟你说了吗，不要叫我'他爸'。"

"啊，对不起……"

她满怀歉意地抬头，楚楚可人。不待擦完，舟作便伸手揽住她的后背，一个公主抱抱到床前，扔到了床上。

满惠一声尖叫，声音带着满满的欢愉。

舟作把她牢牢压在身下，令其无处可逃。肌体相胶，又去亲吻她的唇。满惠也完全放松下来，舒展身体，双手搂住丈夫的后背，张开嘴唇，伸出舌头。打开的身体顺利地再次与丈夫和合在一处。舟作撑住她腰的上部，压得更深。自从有了孩子，情动之时满惠都会用手背盖住嘴。现在也是如此。舟作正欲拨开她的手，先前掉在床下的发冠映入了眼帘。

晦暗的海底立即浮现在脑海里。

灰色海水中是不断浮沉的小颗粒，堆叠在一起的房屋屋顶像金字塔一样，大大小小散落的混凝土碎块上缠绕着钢筋，钢筋上挂着的电线宛如深海鱼的尸体。泛起的泥水中，发冠摇摇晃晃浮上来，微微发光，仿佛夜空中的月牙儿。

那片海，逐渐在眼底扩散开来……

舟作抱起妻子转到反方向，这样，就看不见发冠了。

他努力将脑海中的那片海抛在一边，纵身伏在妻子白色的裸体上，把头深深埋进她的乳房间。妻子略带苦闷的喘息声与自己在海底的呼吸声，重合在了一起。

"叫出来……不要忍着，叫出来！"

指甲掐进她翘曲的腰肢，舟作进入得更深。

满惠回应着他的诉求，大声叫了出来。

"再大声一点！"

几乎是命令一般，舟作的动作也更加剧烈。

"舟作！舟作！"

满惠大声呼唤着。

舟作抱住她，面对面，紧紧地，恨不能将这个女人的生命
也与自己合在一处。双臂紧箍住对方，诱着她的双臂抱住自己
的头，诱着她的双腿缠住自己的腰。

"舟作，舟作"，满惠一声声的叫唤将沉在海底的自己拽了
上来。

我抱着的，是活着的生命！

这活着的生命，归我所有！

活着的！活着的！

和着妻子的叫声，舟作在心中不停暗念。

他所有的一切，都向着这女人温暖的身体冲撞过去。

7

"我回来了!"

"我回来了!"

公寓门口同时传来水希和晓生的声音，两人分别上小学三年级和一年级，刚从托管班回来。

进门后发现舟作正仰躺在里屋睡觉，"啊，爸爸回来了! 爸爸，爸爸!"一边叫着，一边拥上去抱住他，也顾不得放下书包。

舟作枕着手腕不动，任凭两个孩子抱住自己。

"你们两个，不是说了吗？回家后首先要去洗手!"

厨房传来满惠颇为严厉的叱责声。

差不多一个小时前，她尚累得直不起腰，躺在舟作身旁。现在已经换上便服，围上围裙，重新又变回了母亲。

"知道了!"姐弟俩应声回到厨房，放下书包，又一个劲儿地嚷着"妈妈，妈妈，听我说，听我说"，争先恐后跟满惠搭话。

嫌吵闹，舟作翻身对着墙。

"爸爸，起来玩嘛！"

"起来玩嘛！"

姐弟俩又跑过来，摇着他的后背。

"不要闹！要吃零食就快些吃，先把作业做完。"

满惠训斥道。

"在托管班早就做完了。"

"做完了。"

姐弟俩异口同声。

"说好要在家里做的算术练习呢？你俩都还没做完吧？"

"啊，不想做，不想做！"

"不想做！"

弟弟学着姐姐，两人跟满惠耍嘴。看姐姐倚在舟作背上伸手去够桌上的零食，弟弟不住咯咯地笑着，有样学样地拿起零食放进嘴里，更用力地靠到舟作的背上去。

舟作并不作声，听凭两个孩子嬉闹。

"爸爸，爸爸，吃饭了，吃饭了！"

不知不觉间竟然睡着了，两个孩子摇撼着将舟作叫醒。他看见桌上已经备好晚饭，自己平时的座位上摆着啤酒。

"爸爸，听我说，爸爸!"

水希兴致勃勃地跟他搭话，舟作头也不转，只是嘴里"嗯"地回应了一声。

"天上有神仙，对吧? 神仙从天上看着大家，对吧?"

女儿突然这么问，本该先耐心问她为什么问这些，舟作却有些不耐烦。

"没有。"

"欸?"

水希听了一脸惊讶，一旁的晓生也睁大了眼，扭头看着舟作。

啊，不该跟孩子们这样说话的，但说出去的话泼出去的水，就这么硬收回来也不成。看着两个孩子纯净无瑕的表情，舟作反倒想说个彻底。

"我本来也以为有的，但后来发现并没有。天上并没有谁在看着我们。"

是的，舟作也曾以为有。天上有天上的神明，山上有山上的神明，海里有海里的神明。所以，他每次都虔诚地祈祷。出海前祈祷，从海上平安回来后也满怀感恩地祈祷。

但是，后来发生的事让他再也不能相信神明的存在了。

"欸？但是笑真老师和铃木老师都说，天上的神仙看着我们呢，什么都瞒不了他们。偷偷做坏事、说谎话，之后会被教训；做了好事，之后会被表扬。所以说今天山下君犯的错，以后肯定会被神仙教训的。"

满惠从厨房看着舟作，眼神中有些许责备，但更多的是理解的悲伤。

"妈妈，神仙有的，对吧？"

水希声音哽咽，又来问满惠。

"你再问爸爸一次。"

满惠温柔地对女儿说。

难道要撒谎吗？舟作低着头，伸手抓挠剃得很短的头发，一时不知如何是好。

为了不让女儿伤心，应该撒谎说有吗？但是，这种话已经说不出口了。只在这里糊弄一下，回头又是神仙啊、佛祖啊什么的，自己肯定又忍不住要发火。这个"有"字，舟作怎么也说不出来。要是真有神仙，怎么会出现那种事情？要是神仙真在看着，又怎么会放着那样悲惨的灾难不管？

"圣诞老人，也没有吗?"

晓生问道。这个问题，宛如抛过来的一根救命稻草，他抬起头。

"有，圣诞老人有。"

晓生满意地笑了。

"我说呢，圣诞老人不也算神仙吗? 神仙还是有的嘛!"

水希也终于舒了一口气，放心地笑了。

舟作不能说更多，站起身，躲到了厕所里。

擦肩而过的时候，满惠什么也没有对他说，只是接着晓生的话说:"有圣诞老人呢，不知道下次什么时候来呢。"

第二天早上，舟作赶在孩子起床前出了门，去上班的地方归还小卡车。

从公寓出发，大约十分钟的车程便到了海岸公路上，入眼的是一片沙滩。夏天，人们携家带口来这里游玩，年轻人也多，非常热闹。一路之隔的对面有一栋三层的楼房，招牌上挂着"门屋Marine Sports Club & Surf Shop"，显得很洋气。

店主名叫门屋充寿，跟舟作是同乡。两人从小学至高中一直同窗，是非常要好的朋友。门屋家也以打鱼为生，充寿行二，高中毕业后不想留在老家就去了东京。在东京奋斗数年，事业上屡有不如意，便来到这里开了这家水上运动器材店暂时安定了下来。除了潜水和冲浪器材，也兼卖渔具。

两人一起长大，门屋从小就知道舟作擅长潜水，高中的时候还劝他成为专业潜水员。十多年前开这家店时，门屋还试着邀请已经取得潜水教练员执照的他过来一起开办潜水教学班。但当时，舟作在老家和父亲一起经营渔业，没有过来。大灾之后，痛失亲人，渔船也片板不存，门屋才又正式地邀请了他。

说起来，满惠还是门屋的表妹。当年舟作和女朋友交往了两年，本想结婚的，不料女朋友离他而去，让他消沉不已。于是有一天喝酒的时候，门屋把满惠带过去介绍给了他，给的说辞是"我有一个从小一起长大的妹妹，对潜水很感兴趣"。

灾后，舟作的老家成为一片废墟，门屋帮着找到了现在的公寓并办妥烦琐的入住手续，接满惠和孩子先来避难。当舟作彻底放弃出海的时候，更是再三邀他来店里，说："你要是离了海，还能剩下什么。"

正是因为这位从小到大相交三十五年的老友，舟作才重拾出海的决心。

　器材店外侧有供冲浪者洗去沙子的冲洗处。开工前，舟作在那里洗小卡车。门屋开着一辆进口车来上班了。

　"早！还是照旧起这么早啊！"

　门屋早年身形瘦削，大家都叫他"瘦柴屋"。二十多岁时，他总吹嘘自己在湘南①是响当当的冲浪能手，也不知是真是假。如今却是腰围圆实，头发也渐渐稀疏了。

　"车，谢谢啦。"

　舟作道了谢。

　"这破车，不是早就说给你吗？我明白，你要停车场没停车场，还要交税啊，买保险啊，都得花钱。但我留着也是净赔本啊，你倒好，说不要吧，需要的时候又麻溜开走，就好像我出钱养的女人，你想玩了就领出去。给世面上的人看见了吧，反倒说你是个实诚人，我是个小气的老色鬼。简直了，还有比这人世更靠不住的吗？"

---

① 湘南，日本神奈川县内的一个地区，位于三浦半岛西岸，范围包括神奈川县相模湾沿岸一带。

舟作的老家，每逢冬天都被埋在雪里面，东京这块自不用说，与稍微内陆点的地方都交往不便。可能是受这种自然环境的影响，当地多是和舟作一样沉默寡言的人，就门屋仿佛生错了地方，从小就是个话匣子。

"不过要是借，这辆进口车也可以给你开。那辆破卡车，水希跟晓生也嫌弃，不愿意坐吧？你时不时开出去，都去干什么啊？"

舟作不能回答，平时沉默寡言的性格，这种时候正好为他开脱。

"你真是一点没变，以前就不搭理别人的问题。吃的，喝的，女人，哪次不是在你开口前我就给你准备好的？说起来真是不容易，就这样还当了潜水教练员！"

舟作正要回答，却被门屋抢了先。

"嘿，你不说我也知道。在店里，一句'欢迎光临'都不会说的家伙，下了海就跟变了个人似的可亲可爱了。对着小姑娘说什么'嗯，这个蛙鞋蹬地很不错'，唉，要是我说这种话，人家就该骂性骚扰了。好了，好了，不说了，今天也请您多多关照啦，舟作老师！"

门屋轻轻扬了下手，开车绕到店后面的职工专用停车场。

舟作洗完车，开始为今天的潜水课程做准备。当他检查学员们的训练器材时，年轻同事们也陆续来上班了。

门屋的店里一直有潜水器材，也一直筹备想开办潜水教室，但因为没有合适的教练员没有开成。他驾驶的游艇，以前只用于载客人出海钓鱼，或者带来此旅游的一家、恋人去海上看日落和夜景。四年前，舟作接受门屋的邀请之后，才正式开办了这潜水教室。

舟作担任主教练，另还有两个助教。一个是二十七岁的女孩，大家叫她小都，持有潜水教练员的执照；另一个是二十四岁的小伙子，名叫拓哉，持有救援潜水员的执照。潜水的教学，既有从沙滩上入海的课程，也有先乘游艇去海上再入海的课程。需要用到游艇的时候，由舟作驾驶。

周末有初学者体验课程，很多人带着家人一起来，非常欢乐。平日，则是想拿正式执照的年轻人来上课。

今天天气很好，舟作驾驶着游艇出到近海。这片海连着太平洋，但因为处在一个大海湾的内侧，风平浪稳。照在海面的阳光反射过来，即便戴了太阳镜，也觉得晃眼。

来上课的学员都是二十来岁，女孩三人，男孩两人。拓哉主要负责活跃气氛，一会儿说想去帕劳和海豚一起游泳，一会儿又说想去马尔代夫看魔鬼鱼，然后问学员们的梦想是什么，以激起大家学习的热情。一旁的小都则是冷静的潜水顾问，跟大家解说海里潜水需要注意的事项。

上次课程中，学员们已经体验了浅水区。这次，舟作开着游艇带他们来到了水深十米的区域。

抛下船锚，他让学员们检查各自的器材。拓哉和小都也协助检查，确保没有问题。

舟作先入水。今天穿的是湿式潜水服，脸上仅戴了掩盖口鼻的面罩，露出头发。这样的潜水装束并不隔绝海水。站在游艇船舷上，向前迈出一步，以跨步式入水法直接进入水中。

脸、头发、身体，透过潜水服都可以感受到海水的温度。呼出的无数的气泡包裹住自己，闪闪发光。这光，是月夜下潜时看不见的。

气泡像水母群一般向上涌去，数条宽度各异的光带，彼此重合着照射下来。受到涌动的波浪的影响，光带的宽度和重合的方式不停变化，从海里看上去，人仿佛置身于极光中一般。

舟作慢慢浮出了水面。

游艇上等候指令的学员、小都、拓哉都看着舟作，他比画了一个"OK"的手势。五个学员接到指令后，先后入水。小都也随后入水，拓哉守候在游艇上。小都加上学员一共六人，确认好六人都浮在自己的周围，舟作让他们分作三组，互相检查彼此的器材。

之后做出手势，示意大家下潜。下潜时，舟作领头，其他学员随后。潜水的步骤，事前便已解释清楚了。

他做着示范，将充气筒的管子高举过肩，使空气从浮力调节背心中排出；同时嘴里慢慢吐气，开始下潜。一边反复平衡耳压，一边保持前倾的姿势徐徐着底。天气晴朗，阳光照射到海底，一定程度上可以看清周围的情况。

目之所及是一片沙地，上面散布着些大大小小的石头，亦有海草生在各处。没有珊瑚礁，看上去像一片略煞风景的荒地。但凝神细看，依然可以看到一些小鱼在悠闲地游来游去。仔细辨认，还能看到它们或黄或黑、或淡灰或淡绿的颜色。

学员们遵循小都的指示，也先后潜下来。

透过海水看太阳，太阳所在的地方比起周围来分外光亮。

水波荡漾，光的形状也不住变化，仿佛简易的万花筒一般。

白天潜水，舟作总能切实地感受到宇宙。

蛙鞋接触的海底，即是大地；鱼儿畅游的大海，即是天空；大海之外，太阳发光的地方，则是大气层外的宇宙空间。在宇宙与大地之间的天空里，自己可以自由地来回飞行。

鱼群避开吐着泡泡潜下来的人类，游到别处去了。它们翻转身体，反射阳光，看上去就像无数的霓虹灯。与它们五彩缤纷的泳姿相比，人类显得无比笨拙，甚至丑陋。

忽然舟作想到，在那片圣域下潜时，自己总是把全身包裹得严严实实以免接触到海水。若有谁长眠在那里，抬头看到，定然也会觉得那是一个无比笨重和丑陋的生物吧。

学员们先后下潜，匍匐着底。有一个学员不小心动了蛙鞋，搅起海底的沙子。

大家很快被笼罩在泛起的泥沙之中。

舟作做出手势，示意沉着移动。

学员们一个个不慌不忙，安然应对，舟作却被吞没在了沙烟之中。

不急着游出，稍稍驻足，抬头看了看尚未变浑的头顶。

　　海上似乎有风拂过，水波荡漾，带动着从宇宙射下的光带大幅摇晃。

　　极光，弯曲变化。

　　沙烟逐渐遮蔽视线，极光变得朦胧，看不清了。

　　极光闪烁成了光点，舟作的心里涌起某种浮幻的希望。希望在耳边怦怦跳动。即便知道那光亮不可触及，他还是伸出了手。

第二部

1

据说那个地方出土了链珊瑚的化石。链珊瑚生息于距今约四亿三千五百万年到四亿一千万年前的志留纪。

当时,连恐龙都尚未出现。海中只生长着藻类植物,栖息着海百合、珊瑚虫和三叶虫等动物。直到志留纪末期,陆地上才出现了植物中最早的蕨类。

小时候在渔港老家,年长三岁的哥哥大亮常常带着舟作、门屋和四邻的小伙伴,一起骑自行车去找化石。地点在港口西北边的山里。

说是山,不过也就是海拔较高的丘陵,只是从港口进山去平地很少,几乎全是急上坡。孩子们体力不够,不得不早早地从自行车上下来,推着爬山。不过照理说,这样的山路比起骑车，直接走着去反倒轻便；但是回来时，骑着自行车飞奔下山的爽快感，是这项探险旅行不可或缺的魅力之一，孩子们说什么也不愿意放弃。所以不论多费事，也得带着自行车去。

爬山到达可以俯瞰渔港的高处，便出现一条斜插入密林的小道。小道通向山岭深处，看上去仿佛洞穿山体一般。孩子们将自行车停靠在坡边，由此走向密林中。

入山采掘化石，并不是所有的孩子都有资格。在渔港每年的祭典上，孩子王会一一评判抬神轿的小弟是否恪尽职守，只有经他们认定合格的，才会被告知化石的采掘地点。

山里有熊，但一般藏在深山不出来；倒是野猪常常跑到山脚下，糟蹋庄稼。为安全起见，孩子们排成一队，挥舞捡来的棍棒，高声唱着当时流行的动画片主题曲向前行进。队伍领头的是年纪最大的大亮，从小爱哭鼻子的舟作总是跟门屋争着走在最后，以便万一出点意外时可以跑得最快。

队伍的规矩是，累了，被蚊虫叮了，又或者被锐利的叶片划伤腿和胳膊，也不能抱怨。一旦抱怨，就没有第二次参加的机会了。因此，即使是年纪最小的舟作和门屋也从来没有说过泄气话，跟着大家拨开草丛，驱赶蚊蝇，一路向前。

沿着茂林中的羊肠小道攀行一个多小时后，树木突然消失，现出一块两间教室大小的空地。空地上满是碎石土块，长着低矮的杂草，对面高高耸立着一面断崖。

古时候，这里发生过地震，山体几乎从中坍垮成两半，露出了远古地层。考古研究的也来过，不过早已结束，剩下的就是孩子们的探险。探险年月不短，稍有价值的化石已经基本被采掘殆尽。

即便如此，借助小棍棒和尖石片细心搜寻，孩子们总能有些收获。虽然完整的化石很少，孩子们还是找到了不少古生代的植物和三叶虫化石的碎片。

在山里挖到海洋生物的化石，对孩子们来说，是一件不可思议的事情。

不知谁说起："这里以前是海，因为地震变成了山，所以，以后可能又会变成海。"另一个反驳，认为不会再发生这种事。听到辩论，一个年纪大点的孩子说："地球是活的，不知道会发生什么事情呢。保不齐，这里啥时候又沉到海里去了。"当然，在自己有生之年是不可能发生的——即便赞成沉没论的孩子也是这么认为。

　　舟作这一代化石采掘小队的队长是大亮，但找到化石最多的却是舟作。

　　除了直觉，没有更好的解释。大亮、门屋和其他的孩子，往往在前辈们挖到过的地方接着挖；舟作则是匍匐在地，一边划动双手一边前进，就像游泳一样。爬着爬着，他偶尔会灵光一现，觉得在鼻子深处闻到了习惯的海潮气味。这时只要他搬开石头，挖开沙土，便能找到封存在石头里面的古生代生物。但这种"灵光"出现的时候极少。

　　正是因为这一项特技，大亮才愿意带着爱哭鼻子的他一起来挖化石。而他找到的地方，每每会被大亮和高年级的同伴抢了去。

　　这直觉，在海里也能派上用场。或许应该说，海里练就的本领在采掘化石的时候也派上了用场。

　　尚是婴孩的时候，舟作就喜欢海，脸浸在海水里，也不抗拒。

　　三岁的时候，有一次他在海边玩耍失了踪影，全家人正焦急万分的时候，只见他从海里出来，笑盈盈地递过捡来的贝壳。之后，他便经常潜到海底去找稀奇的贝壳。等到上小学时，潜水的本领已经不亚于高年级的学生了。

小学二年级的时候，有一个外县来海滨浴场的女人在海里遗失了钻戒。当地居民连成一队，下到海里用脚去探寻，却无功而返。那女子说钻戒是母亲的遗物，说什么也不肯放弃。在海边玩的大亮看到后，立即回家叫弟弟。因为总在海边贪玩，不好好学习而被母亲训斥的舟作正在家做作业，又被哥哥带到了海边。他问了钻戒遗失的大体位置，便下水去找了。

"唉，那么简单的算术题也不会做，那么简单的汉字也不会读，大家总骂我嘴笨，要我把想的事情说清楚。单杠不行，棒球也没法跟哥哥比，不管做什么都赢不了，还总被弄哭。海里面可就自由多了！海里面，没人骂我，也没人笑话我。甚至呼吸，都比陆地上轻松多了。真想一直就住在海里啊！"

这是舟作第一次将想法梳理成了言语。以前虽然也有同样的感受，但一直只是心里隐隐约约有这样的想法。他一边在心里想着，一边沿着海底轻盈腾挪。气息不够了，就浮出海面换气，再潜下去。

不经意间，他觉得灵光一现，似乎嗅到了不属于海里的东西的味道。他连忙拂去沙子，在阳光下，看到一点珍珠般大小的光亮，但这光亮和海里的东西发出的光不一样。舟作随即捡起来上岸去，令在场的大人们惊讶不已。

"就是那时候!"

成人之后，大亮时不时说起这件事。

"那时候我五年级，弟弟二年级。我就想，以后接老爸的班，吃海里饭的，一定是弟弟。"

大亮的"大"字取自"大渔①"的意思，但高中毕业后，他没有继承家业，却在老家附近的一家大型水泥厂上了班。二十五岁时，和高中同学奉子成婚，生了个女儿，住在工业住宅区里。三十二岁时，大亮的外遇导致夫妻离婚，妻子带着六岁的女儿搬到了内陆城市。他一个人耐不住寂寞，经常回老家和家人一起吃晚饭，跟父亲和弟弟喝酒，有时候也帮着打扫船舱，修补渔网。

当年一起挖化石的探险队伙伴中，有两人在那次大灾中被海水吞没。

其中一人是大亮。当时说"保不齐，这里啥时候又沉到海

---

① 大渔，日语中表示渔业大丰收的意思。

里去了"的，便是他。

十六的夜里，月亮皎然于空。

舟作乘舟划桨，正从港口出发往外海去。今晚稍有波浪，但不至于妨碍潜水。文平也是如此判断。

自上次潜水正好过去四周，日程算是正常。

两人秘密出海，为了确保不被他人发现，行船时必须熄灭灯火。因此，月光明亮是这项工作不可或缺的条件之一。半月时，勉强可行；弦月时，海上漆黑，不能成行；月亮日出夜落时，也不能出航。

第二个条件，自然是风浪需平稳。

第三，原则上必须是在舟作放假的期间。他在潜水教室做教练，只有周二下午到周三放假。

满足以上所有条件并非易事。五月，舟作接连下潜了两次，但其后因为下雨，连续五周未能出海。平均算起来，一个月也就下潜一次。

"大亮的女儿，来你家做啥？"

舟作对面，文平把手放在船外机的方向杆上问道。他明白，要从寡言的舟作嘴里问出话来，自己须得多说几倍才行。

"问你话呢！你侄女到你家做什么来了？"

"准备高考，先来看看学校。"

舟作单边划桨，绕过防波堤，边划边回答。

港口静悄悄的，只有海浪拍在堤上的声音。即便低声细语，对方也能听到。

"啊，那孩子都这么大了！叫什么来着？你侄女叫什么来着？"

"麻由子。"

"按你们家的习惯，名字里有跟海相关的字吗？"

"没有。"

"哦。也是，大亮早就不打鱼了。你刚刚说准备考试，那孩子要考你家附近的大学吗？"

"她说想去东京或者横滨的大学，要在我家住两天。"

"啥？从你家到东京，电车得个把钟头，横滨还要多一倍。再说，你家现在不是租的公寓吗？那么小。你留在那边的房子，贷款还在还吧？"

"房子已经卖了。"

"我早听说了，竹杠给人敲得哪哪响，卖的钱还不够还房贷呢。搞到头，房子不是自己的，住也住不成了，钱还得按期交！没错吧？"

舟作没有回答。

"你侄女，从小就和你亲，对吧？我听你爹说起过，说大亮的女儿总是黏着叔叔啥的。你们上次是什么时候见的？"

"做法事的时候。"

"那就是半年前？"

"不是，今年三月份没来。"

"亲戚住得远，来往也就渐渐少了。这回过来，估计也是因为想你了，以前那么喜欢你。你家里住得下吗？"

"两个孩子都很喜欢她，三个人就抱在一起睡，跟亲的一样。那孩子，很节俭。"

小船出到外海，舟作便收起桨。桨板前端滴下的水珠，在月光下闪着淡淡的光。文平将船外机的螺旋桨放进水里，拉起启动绳。发动机响起来，但并未挂挡，船依旧不动。

"之前你说，"文平对着面朝船头坐下的舟作的后背说道，"在船里遇难的，本不该是大亮而是自己。当时你伤了腰，大亮才阴错阳差代替你去修船的。"

舟作双眼看着前方，仿佛定住一般。一个稍高的浪头涌过，打得小船摇晃起来。

"这种事情，我在别处也经常听到。是命，不由人。你老这么压在心里，也不是个事。这不是哪一个人的过错。"

舟作只是盯着一波一波的浪涌，沉默不语。

文平话罢挂上挡，小船开了起来。俄顷，船速渐快，颠簸着朝太平洋洋面驶去。

在月光的照射下，后浪推着前浪一道道向小船涌过来。前浪将隐，后浪又起，连绵成一片优美的波纹。波纹高处，闪闪发光，波纹矮处，投下暗影。明暗交替，无限重复，皆由大自然神工造化。

空中风逐云走，月亮时隐时现，海上亦随之明暗交替。

夜空中，飞机不时飞过。比它更高的地方，有光点缓缓移动。肉眼里看着仿佛星光，但其实是人造卫星。有时候，甚至可以看到几个。

舟作目送着人造卫星的光点，忽而又觉有别的光线划过眼角。赶紧去看时，却见流星消失在夜空里，又错过了一次许愿的机会。

今晚，光区依旧很亮，朝着天空和大海放射出晃眼的光。

从人造卫星或者宇宙空间站看地球，这片区域也是异常明亮的吧。四周沉入暗夜，唯独此处像沙漠中的街市一样，灯火通明。不明真相的宇宙飞行员看到这片亮光，不知会如何思量，又会有怎样的期待呢？

文平定好下潜点，抛下船锚。

舟作背上连接着空气瓶的浮力调节背心，戴上全面罩。一切准备就绪，在船舷屈膝蹲下，正要后滚翻入水中。

这时，文平做手势叫住了他。

第一次碰见这种情况，他一头雾水，望着文平。

文平伸手从带来的布手提袋里掏出一个小包袱，放在他的脚边。然后打开LED提灯放在一旁，将包袱解了开来，里面包着的是之前打捞起来的那个发冠。

"文平叔，你……"

舟作在面具下叫出了声。

"你听我说，先听我说。"

文平伸出双手在前，连珠炮一般辩解起来。

"没跟你说是我不对，但我也有我的理由。你先坐下听我说，坐下，坐下。"

没办法，舟作只好坐在船头的横板上。

"要一个人把船驾到这里来，你也知道不是件容易事。晚上出来怕出事，所以最开始就说好了我白天来。可是以前一起打鱼的伙计们闲在家里，经常带着钓竿约个谁就出来钓鱼。白天要是被他们看见我驾船出海，肯定要问干什么去。等我从海上回来，他们又少不得搭手帮我把船拉上岸，到时也会瞅瞅船里有些啥。我虽然是带着钓竿去的，却又不是为钓鱼，万一被问到，还得编个瞎话糊弄。你也知道，我不是擅长说谎话的人。另外，船要烧油不说，还费工夫。之前也跟你说过，让他们涨涨价。但你别误会，今天要说的，不是这事……"

文平的神情，看上去似乎一脸歉意，但眉目之间还是掩不住心里的小算盘，透出一丝狡黠。他想趁此机会把秘密全说出来，图个爽快。

他伸手从手提袋里又取出一个小包袱，在舟作面前解了开来，里面是以前捞起来后被珠井拒收并要求送回海里去的手表和玩具戒指。

舟作看罢，伸手准备解下全面罩。

"等一下！你先听我把话说完。面罩取了，待会儿还得重新戴上。"

文平按住了他的手。

"我知道你恼火。要加价，跟人家说就行了；一个人驾船出海嫌麻烦，也可以商量，跟你一起出来的时候送回海里就行了。这些我都明白。我脑子不算太聪明，也不是完全不开窍。但是舟作啊，这样真的好吗？"

文平的声音突然一下子低沉下去。舟作已经明白他想说什么了。

文平叔，不要说出来……

他在心里默道。

"真的好吗？舟作！把这些东西又扔到海里去，真的好吗？"

他闭上了眼睛。

"这些，都是你千辛万苦从海里捞上来的，失主也可能找得到。你可能以为我这样做完全是为了钱，但不是，我也想帮他们一点忙。当时，我专门找你，而不是别个张三李四，也正是这个理由。要是你的话，肯定能够理解珠井先生和其他会员的心情。对吧？但现在，就这么把自己从海底找来的手表、玩具戒指和发冠又丢回海里去，好吗？"

舟作睁开眼睛，盯着包袱皮上的一件件东西看。

"我之所以没能下定决心把这些东西又丢到海里去，这是最大的原因。你明白吗？"

他心里明白，但别无他法。戴着手套的手一把抓起包袱皮上的东西，扔进了贝壳网深处。

文平在一旁不及阻止。

"舟作，你要干什么……"

他坐在船舷上，稳住面罩和头灯，后滚落入海中。

舟作保持脚朝下的姿势，渐渐沉入漆黑的海底去。

潜水时，有头朝下的头前式，也有脚冲下的足下式。专业潜水员一般采用前者，但在这片昏暗的海里，舟作选择初学者常用的后者。

因为在这片海里，不知道会碰到什么。

虽说已经在这一带下潜多次，但距上次已经过去四个星期，下潜的位置也不一样。海面下暗潮涌动，无时不在变化，不得不加倍小心，以防意料之外的障碍物。

夜间潜水，舟作颇有经验。年轻的时候，他对潜水特别着迷。打鱼挣了钱，也不像其他人那样买车或者玩弹珠机，而是专用在了水肺潜水上。逢休渔期，国内的潜水景点自不必说，他还常去国外。国外海水透明度高的地方，盛行夜间潜水。

月光浸入海水中，白天躲在岩石阴影下的小鱼这时都游了出来，自由穿梭，看上去仿佛绚烂迷幻的画儿一般。夜里的小鱼，时而迅敏，时而悠然，色调略重，似乎披了一层蓝色的薄纱，较日光下全然不同。这种时候，舟作总是不穿潜水服，只着泳裤、戴面罩、背通气管和穿蛙鞋，像鱼一样在水里游动。他灵敏地感受海水，把握潮水的流向，和鱼儿们一起嬉戏，觉得是人生至乐。即便不背着空气瓶，似乎也能尽情潜水，不论多深，不论多久。

但第一次在这片海潜水的晚上，下潜却十分艰难。

海水似乎拒绝了月光，水下漆黑一片。想到海水的下面埋葬着的，是过往人们生活的地方，他不禁觉得害怕，连头顶文平所在小船发出的嘎吱声，听着都像是从海底发出的悲鸣和呻吟。他不敢再往下潜。

　　如今舟作已然习惯，下潜不再是难事。但在海底会看见什么，会找到什么，想来还是会令他发怵。

　　老家受灾两年后，警察在海里搜寻失踪人员，舟作作为志愿潜水员，参与了他们的工作。

　　疏浚船先将沉在海底的住宅和船只等体积较大的物体大致清理后，再由他们下潜搜寻。潜水是在白天，舟作并不害怕。但，为何至今放任不管？为何当时没有施救？他潜在水里，心中的块垒难以消去。

　　舟作没有找到失踪人员的遗体或遗骨，他将找到的闹钟、装裱的画和其他几件物品从海里带回，交由当地美术馆展出。此后若有失主索取，照理应该已经奉还了，但具体情况他没有去打听过。

　　至于现金和贵金属，事先并未说明会如何处理，也没有找到。起重船吊起了一个大型保险柜，听说确认清楚后已经交还了失主。不过柜门略有破损，泥水俱入，里面保存的证书文件，早已不堪再用了。

　　舟作一边在头脑中反复确认自己下潜的两片海域的不同，

一边缓缓下沉。蛙鞋首先触到海底。

稳定姿势后，打开水下探照灯。沉睡的幽暗海底仿佛黎明前的天空，现出一片微白。沉在海底的混凝土块、住宅、汽车等残骸，如同笼罩了一层烟霭，于朦胧中浮现出一处处暗影来。

四年半前，灾后不久，舟作在老家的街巷奔走。那时，空气中混着潮水、烂泥、铁锈、木头和腐鱼的臭气，再加上流到海上后燃起来的燃油臭味和焦煳味，令人作呕。

有那么一瞬间，他似乎又闻到了那气味。

舟作闭上双眼，数次深呼吸后，总算平静了下来。然后利用缠在手腕上的潜水微机表确认好方位，注意不搅起泥沙，用剪式打腿法小心地向前移动。

上次，他在这一带发现了手机和月票夹，并留下白丝带做了记号，现在却找不到了。他再次确认自己的方位后向前移动，来到之前屋顶堆叠在一起的地方。电视卫星天线依旧在那里。

接着，他俯身靠近天线下的屋顶，小心翼翼地挖了个坑。坑不能挖得很深。待深度适宜后，他从贝壳网中取出发冠、手表和玩具戒指放到沙地上。

三件物品被埋在了坑里。

其实，即便现在埋进去，一个潮水的涌动就可能将它们翻出，冲到远处去后再无踪影。但这样至少留下了找回的可能，有朝一日若珠井想法改变，回头再要的时候，可以挖了带回去。

2

当天打捞到的，有一件鲸鱼的木雕、一个小型的水桶、一根拐杖的手柄、一只拖鞋。木雕雕刻精巧奇特，失主应该可以认出来；水桶虽然已经被压瘪，但还留着一半的姓名标签；手柄上饰有浮世绘，或许可供辨认；拖鞋上用记号笔写着“卫生间用”，希望失主能认出自己的字迹来。

另外，还有一只右手的皮手套、两只颜色各异的袜子、几块较大的陶器碎片，以及一个长约八厘米的玩具巡逻车。舟作在海底搜寻时，玩具巡逻车就在他跟前的沙地上来来去去，似乎有个看不见的人正在玩耍一般。

"今天不咋地啊。"

像往常一样在文平家洗净这些物品之后，文平说道。

舟作当然也知道，但时间就那么多，自己已经尽了最大的努力。比起这个，有一件事更令人在意。

"往东去的海底有个斜坡，似乎越往前越深。我有些担心，没敢太靠近，估计是海底地形有了变化。"

"在什么位置？"

他大概解释了一下。

在海底的时候，舟作又碰到了之前拍过照片的单厢车，近旁堆着两辆压扁了的进口车。因为这一带夏天已经搜寻过，他就打算再往外海方向去看看。就是这时候，发现了那个斜坡。探照灯下，看不到斜坡的尽头，似乎一直延伸到海底深处。

"估计那时候，海底也被冲得很厉害。现在表面的，都是些不稳的石头和柔软的泥沙。潮水一急，容易把这些石头和泥沙冲走。这样，原本平坦的地方一下子变深也是有可能的。你可要当心些。"

舟作虎食鲸吞般吃下邦代烤好的肉，稍事休息，便出发去了珠井所在的宾馆，还特地将车停在了职工专用停车处。似乎这样，自己的小卡车才不至于太扎眼。

他今天穿的也是运动装和凉鞋。时已入秋，气温微寒，因此他还套了件薄卫衣在外面。作为渔夫，这身装束正好不过；但要进城市的宾馆，仍旧有些格格不入。

宾馆的前厅正面，装饰着红黄相间的人造红叶。舟作提着装有打捞物件的箱子，快步向电梯间走去。不料三台电梯此时都在上层，他不得不等着。

一时无事可做，他扭头四处望了望，突然感到大厅旁的咖啡厅里，似乎有人在看着自己。舟作望过去，发现靠近宾馆门口的座位上坐着一个女人，栗色的头发披在肩上，正与自己对视。

看样子，女人不是碰巧与自己对视，否则早该移开视线了。她牢牢盯着这边，目光如锥，颇显严厉。

难道是在非难自己的装束吗？或者错把自己认成了其他出入宾馆的业者，在蹙眉责备自己不使用职工通道而与客人一起挤电梯吗？

这时，女人从沙发上站起身，挺直了腰杆，下巴略微抬起，双手叠放于小腹前，笔挺站定。这凛然而立的姿势，似曾相识。

原来是那天见完珠井后，站在咖啡厅里看着他的女人。

那天，她梳着整齐优雅的盘发，穿着凸显身体曲线的西装长裤。今天换了连衣裙，身线显得轻柔起来，但依旧腰如约素，婀娜的身姿一点没变。连衣裙颜色雅致，饰着醒目的条纹，裙摆处露出之前隐藏在西裤下的小腿来。

一个月内碰见两次，两次女人都朝自己看，这种事情可能吗？或许看的不是自己吧。舟作环顾了一下四周，却并无他人，这才又回头看那女人。

她突然举起左手来，弯曲手肘，举至脸侧。手指笔直伸开，手背朝着舟作，其中一部分微微发着光。此时屋外的光线照在低处，该是指甲反射了天花板上的灯光吧。这时，舟作身前闪过人影。电梯已经下来，里面的人走了出来，未几传来电梯关门的铃声。舟作赶忙钻了进去。

不知怎么有些慌张，他伸手摁钮的时候手指碰到了二楼的按钮。二楼有几个房间，专供小型活动和集会使用。

电梯门打开，走廊里一个人也没有。

突然回想起第一次和珠井见面，就在一个煞风景的宽敞会议室里。

　　那是今年一月，天上下着雪。

　　听文平大概说起这件事后，舟作便有些心动。

　　他是同情那些失去家园的人们的。老家灾后对幸存者和失踪人员的搜救还算及时，找到的遗体也安葬得妥当；瓦砾的清理也很迅速，街道虽未完全恢复，情况总算开始好转。而珠井所在的小镇被海啸吞噬后，片瓦无存。并且，灾后居民的出入受到限制，失踪人员的搜救工作也不尽如人意。

　　舟作一直想做点什么，希望可以帮上点忙。

　　然而，核电站损坏之后，海水很可能已经被污染了。要去那里潜水，舟作还是难消忌惮。另外，在海里还可能意外撞到障碍物而受伤。出了种种考虑，最初他本是想拒绝的。

　　尽管如此，他还是决定先见一下提出这个计划的人。舟作也说不清自己为什么要见，只是复杂的心情中，隐隐有一股热切。他不是很想接这份差事，但也不想让其他的某个人代替了自己。

　　舟作的复杂心情，在文平说来却很简单。

"我也不想犯这个险。健康自然不是小事，要是被海上保安厅或海警抓到，那也不得了。但是，这事挣钱。潜一回，转手就给钱。我家那臭小子借的钱，利息不是小数目；你也是，虽然已经搬出来了，不是还要还房贷吗?"

不，不是这样的……

舟作在心里反驳。他感到的热切，并不是对金钱的欲望。

这计划明显不合常理，甚至愚蠢，却令人分明感受到当事人的恳切冀求和胸中苦闷。舟作想不通这个人为什么特地找到素未谋面的文平和自己寻求帮助，心想或许见上一面，就能弄清这"热切"到底是什么了。

见面时，珠井要文平回避，和舟作进行了一对一的交谈。作为整个计划的负责人，先看一看舟作的为人是必要的。

"总之，我们这边的事情，都会一一向您说明。"

斯文地寒暄并做了自我介绍后，珠井淡然地开了头，然后从自己的老家开始说起。

他是公务员，因工作调动去了内陆的城市。儿子也去同一个地方读高中，因此父子两人住在一起。之后约一年半的时间，老家所在的小镇被海啸吞没，留守的妻子和正念初中的女儿从此再无消息。

灾后至今，政府虽组织过对失踪人员的搜救和对镇上残留物品的回收，但都不尽如人意。作为公务员，珠井能理解政府已经尽了最大的努力。整个小镇核污染严重，若是一概不加限制，万一出了什么事情，责任由谁来承担呢？考虑到可能引发诉讼问题，政府是不可能轻易做出决定的。估计今后很长时间，限制也不能完全取消吧。

"即便是以前住在镇上的居民，每个月至多只能进去两次，一年至多十五天。而且，每次进入时间控制在五个小时之内，下午四点必须回到体检会场，测量放射性污染的程度。政府在街道入口处设了路障，还有警卫员站岗，我们不能轻举妄动。突然我就想，从海上是不是可以进去？说了不怕您笑话，这是间谍片看多了。"

珠井表情肃穆，说明了自己的想法：从海中潜水靠近小镇后，神不知鬼不觉地上岸。

可是找谁帮忙呢？一个人也想不到。于是他打算亲自上阵，利用休息日，去了潜水教室学习潜水。在这一过程中他意识到，自己对体育运动完全不在行，而且年纪已经四十过半，此后即便学再多的知识和技术，也终究不能成事。

但还是不甘心，珠井去避难所找到了自己的中学同学。同学是渔夫，大地震的时候，正巧出门去其他县参加葬礼，逃过一劫。中学毕业后，两人交往日疏，偶尔碰到也只是微笑致意，这次珠井却特意请这位同学去吃饭叙旧。席间装作开玩笑，他说起从海上潜到镇上仔细搜寻的计划，问是否可行。同学苦笑着摇头，说重要的东西都被冲到海里去了，小镇上什么也没有剩下。

确实，一直想着怎样去小镇上自由搜寻，完全没有意识到自己想找的东西很有可能已经被冲到海里去了。

"听他说起，我才想到是不是可以从海底打捞到我们珍惜的人的东西。但他还是否定了。"

同学说，那片海以前海藻丰茂，鱼也很多，但现在早已不同，变得危险重重了。海底全是弯折的电线杆、折断凸露的钢筋，还有纵横交错的电线和电缆。那些屋顶、汽车之类的重物，看着安定，但在海流和潮汐变化的影响下，不知道什么时候就会再崩塌或者移动。而且海水也被污染了，按规定被划入禁区，要是有人贸然潜水被抓到，说不定还要被送去坐牢。

"在这样的条件下还能潜水的，必须是兼具最好技术和胆识的'愚公'潜水员才行。此外还要有船，也要有知晓那片海的海水流动、潮水涨落以及海底地形的'愚公'船员。我同学说这样的人找不到。我也知道，这件事情很难。但一回想起内子和女儿的笑容，就觉得不甘心。又不是完全不可能实现，说什么我都要试上一试。就这么手足无措，在远处干站着，实在叫人难以忍受啊。"

到哪能够找到这样的潜水员和船员呢？珠井追着同学不放，一再询问。

对方一时觉得为难，说海底那么大，很可能什么都找不到，这些事情你先不去想，却要找船员和潜水员，你这种人才真是"愚公"。

"对。既然要托人办这种事情，我自己首先就得变成'愚公'才行。"

出于公务员的职业习惯，珠井首先想到的是预算。不管什么目标，要实现首先必须要有资金。工作多年，珠井深知这个道理。算来他自己今后虽并不需要多少钱，但和儿子的生活仍要维持,而且儿子尚小,还要过些年才能在社会上立足。但反过来想,要是妻子和女儿还在世,也免不了要用钱。而现在,把这些钱用来寻找她们的去向又有何不可呢……其实珠井的心中已经渐渐能接受两人去世的事实了。为了找回她们使用过的物品——好吧,如果非要用"遗物"这个词的话,为了找回她们的遗物,花再多钱又有何不可呢?要是通过这个计划真的能找到,花再多钱也是值得的。

之后,珠井便在那个受灾的小镇上不断寻访失去亲友的船员和潜水员。当时他认为只有跟小镇有渊源的人才会参与这个计划。因为这样的人也经历了失去亲友的悲痛,肯定能与自己的想法相吻合。他打算等实际见面后,若感觉对方值得信赖,便将计划和盘托出。

珠井接连见了五个渔夫,每一个都是好人。但正因为是好人,他每每觉得难以启齿。毕竟,冒险做这样的事情,不仅可能危害健康,而且可能触犯法律。

舟作想,这话文平听了该不舒服吧。珠井应该也是这样想的,脸上泛起微红,说了声"对不起"。

经由第五位渔夫介绍,珠井见到了文平。当时他提着高级

清酒，特地上门拜访。想着不好开门见山，于是谎称是为了采
访曾经与那个小镇的遇难者往来亲密的人，留下些遇难者的故
事。为把样子做足，他还打开了记录谈话内容的笔记本。

　　文平稍显不耐烦，说自己倒不是不愿意说，但要专门花时
间来接受采访太费事了。珠井一时不知道该如何接话，文平伸
出皮肤裂纹里渗着油的手指，挠了挠发际线已经后退的额头，
问了句你出多少钱。与人交谈过后，珠井一般都会支付礼金，
但谈话之前就开口要钱的，珠井还是头一次碰到。"这反而让
我确定下来，觉得他很合适。正是他说的话，使我的方针计划
明确了下来。以前，我想找同情和理解自己的人来帮忙，但这
样的话，个人情感、私人理由都可能干扰计划的实施，弄得不
好甚至令计划半途而废也说不定。彼此顾念情分是好，但这样
也很可能导致事故，泄露秘密，到头来给很多人增添许多不必
要的麻烦，反倒不如金钱交易来得爽快。这样，计划可以实
行，出船打捞者的利益也能得到保障。"

　　于是，珠井直截了当地让文平开个价。文平伸出一根手
指，并说"我可不是指一千日元"。珠井听罢，直接出价三
万日元。文平的态度立即大为转变，他果然是想要钱。

于是，计划将以交易的形式付诸实施，并且珠井需要为此预备一笔钱。

珠井向自己还在读大二的儿子坦白了雇人潜水去寻找母亲和妹妹遗物的计划。儿子只是淡淡问道，遗骨是不是也打算一起找回来。看来随着时间过去，他也已渐渐接受了母亲和妹妹的死。珠井回答说，遗骨要是能够找到自然要带回来，至于是不是她们母女的，还得经过检验才能知道。儿子表示赞成，说哪怕有一线希望都好。只是要找的话需要一大笔钱，现在家里存款不够，珠井想用上妻子的生命保险金，问儿子同不同意。

根据规定，针对这次灾难的遇难者，只要提交特别证明材料，即便没有找到遗体也可以公证死亡。但珠井一直都没有提交证明材料，提交就是确实承认她们的死亡了。

儿子要珠井给他一个晚上好好考虑。第二天早上，他同意让他提交母亲和妹妹的死亡申报书。

至此，珠井才给母女二人办了葬礼。儿子本来说这葬礼算不得数，是坚决不会哭的，但中途还是忍不住号啕大哭了起来。珠井自己也哭了。参加葬礼的亲戚朋友们都说，这样也算了却了一桩心事。听着大家的安慰，珠井才觉得心中的罪恶感似乎减轻了几分。

"在那之后，我去见了文平先生，给了他一个装着五万日元的信封。恳请他即便不参与这个计划，也要保守秘密。"

文平听完珠井的计划，倒并没有显出很吃惊的样子。因为他事先早已通过介绍人找到了珠井的那个渔夫同学，把珠井的想法打听清楚了。

只是没想到，珠井竟将此事如此当真。他皱了皱眉头，说出船可不是件简单的事，要潜水更不简单，问珠井能出什么价钱。

"这个信封的十倍，也就是五十万日元。两个人，每人每次五十万日元。我当时便开门见山跟文平先生说明了价格。我并没有想着潜一次就能找到内子和女儿的遗物，跟儿子商量好了，总之一共潜十次，也就是一千万日元。我们计划为她们母女二人准备一千万日元。"

文平并不说钱多钱少，只说去这样危险的海里潜水，就他所知，只有一个人有这个能耐，自己先要去问问他。要是那个人不同意，就让珠井放弃。

"文平先生去找您商量的时候，我又一次感到各种不安。

计划虽然渐渐成形了，但这事到底能不能做，不论是从法律上、道义上，还是从伦理上，我都不能完全放心。但后来想顾不了这许多了，我决定将计划实施下去。我有个同乡好友，他的父母当时也住在那个小镇上，不幸遇难。实在忍不住，便跟他坦白了我的计划。本以为他会生气，未料想他竟然表示要参与进来，并说应该有更多的人想要参与的。他说，潜水员从海里捞起来的东西，可能是你老婆和女儿的，也可能是我爹娘的，要是捞起来的不是你老婆和女儿的，难道要把那些东西又扔回海里去吗？对于失去了亲人的人来说，亲人的随身之物就是无价之宝，出再多钱也愿意。这样的人应该不在少数，所以他建议我向更多人介绍自己的计划。"

但是，珠井和朋友商量着该向谁介绍的时候，却犯了难。首先，能参与这个计划的人，他们的亲属必须以前就住在那个小镇上，灾后至今生死未卜，而且他们有意愿找回亲属的遗物，并有能力为此支付高额的费用。其次，他们必须能严守秘密，信任并听从珠井安排。满足了以上条件，这些人还须接受一个最重要，也是最难接受的事实：即使支付了高额的费用，到头来也可能只是竹篮打水一场空。

　若非这样的人，跟再多的人说明这个计划也没有意义。而且，万一中途有人不满，泄露了秘密，更是会导致有人被捕，使整个计划泡汤。

　珠井和他的朋友首先找到了两个值得信赖的人，说明了计划。两人都赞成，并接受所有的条件。通过这两人，又有几人想要加入。珠井一时害怕起来：这个计划最后结果会如何，尚不可知；这些人能不能保守秘密，也不能确保。好友建议，权宜之计，可将参与这个计划的人称作"会员"，并提高入会门槛，只招募意志坚定并能守口如瓶的会员。

　会员们商议后决定：潜一次水每人负担十万日元，如此，既减轻了每个人所要负担的费用，拟订潜水次数也增加到了十五次；参与计划的会员，必须先交一百五十万日元的会费并承诺严守秘密。会员人数最初总共十人，包括珠井及其好友在内。珠井本以为入会门槛已经够高，没料想通过会员的介绍，越来越多的人想要参与进来。最后，考虑到会员管理的问题，勉强增加了两个会员名额，总共十二人。

　如今出海打捞的具体安排以及各种详细规定，就是在会员决议的基础上，由舟作和文平补充修改，并通过实际出海试行之后才决定的。其中有一条规定，在珠井的强烈要求下，至今没有动摇过。

"这本来只是我个人的想法，但已经征得了各位会员的同意。跟您实说，当初也有会员反对过，有人甚至说，要是有这种规定的话就退会。不过，经过商议之后，这位会员也已经同意了这条规定。这条规定是：现金、贵金属、有价证券以及可能存放有这类物品的钱包和保险柜，一概不打捞；即便碰到了，也必须弃置原地。会员中，有一位非常希望找回妻子的珍珠项链，另有一位很希望找回儿子的入学纪念手表。但这样的东西打捞起来后，若不能明确失主，就很可能引发种种疑虑。若是有人因此争吵，肯定会出问题；更严重的是，若有外人说'那宝石是我们家的东西，为什么会在他的手上'之类的话，争执可能就会发展成盗窃案件。而且，万一计划暴露了，我们也得证明我们的动机是清白的，是因为难以抑制心中的感情而不是为了钱财才做的；同时也能保证替我们打捞的船员和潜水员也是清清白白、堂堂正正的。当然，打捞到的钱包里很有可能放着身份证，保险柜里很有可能找到个人的证明材料，但这样的事情，说起来就会没完没了。因此，关于这一点，我们已经说服会员们放弃了。另外，和潜水员以及船员的联络，都由我一个人负责。会员们可以提出自己想要找到的东西，但是要潜水员一一按照这些要求去打捞也是不可能的。只是，拍到房屋或者汽车，若能确认是属于某个会员的，可以要求潜水员在拍摄地附近再搜寻一次。但，这也需要通过我传达。如果让某个会员单独与潜水员交流的话，对别人就不公平了。我作为一切交涉的联络人，负责向潜水员传达会员的要求。以上，就是我们计划的梗概。"

珠井娓娓道来的计划，为实际下海打捞的人也考虑了周全。舟作已然明了珠井和其他会员的真诚以及充分的心理准备。

珠井打开一件背心给舟作看，说是最近从美国买到的，可以保护潜水员的内脏器官使其在污染区域潜水不受放射线伤害。

"您可以收下吗?"

舟作尚未介绍自己的经历以及潜水能力，珠井就先问了。舟作不禁问道:

"您，是不是先了解一下我的情况?"

珠井一直严肃的表情终于舒缓了下来。

"文平先生将报酬看得很重,应该不会推荐不靠谱的人。我只是想看看您的为人。刚才您一直没有插话,安静地听我说完,想必已经充分理解了我们的想法。请您一定帮我们的忙!"

舟作生出敬意,点头道:"我试试吧!"

珠井在老地方等候舟作的到来。

舟作打开箱子,将打捞起来的物品给珠井看。对方全收下了。就着照片,他又详细说明了打捞时的情况。至于文平嘱咐的涨价一事,到底没能开口。

接下来,两人商量了下次潜水的日期。只要天气好,下个星期便可以再潜一次。但最近南边的海上起了台风,算起来一个星期后正好到达那片海域,若真如此,则不得不推迟到大约一个月后的满月之夜。到时海上自然明亮,但也涨大潮,需要比平时更加注意潮水涨落的变化。

"好吧,具体日程,请定下来后再给我电话。"

每次潜水前,提前一周、三天、一天以及潜水当天,珠井都会利用公共电话打到舟作的手机上,确认能否成行。每次出

海前和潜水后，舟作也都要打电话到珠井事先指定的号码上与
之联络。这样做，是防止警方调查的时候，通过电话查明两人
的关系。

"哦，对了，濑奈先生，我再确认一下。"

珠井叫住了刚要出门的舟作：

"之前拜托您的发冠，已经送回海里了吧?"

舟作快速地眨了眨眼，给出肯定的答案。

"有劳，有劳。说起来，这是之前没预料到的情况。文平
先生需要特地为此出海，我们应该另外支付报酬给他。"

珠井从衣服的内口袋里掏出一个信封。信封不厚，看样子
应该装着五万日元。

"这是送回物品的报酬，请您收下。"

舟作点头致谢，收下了信封。这样，终于也可以面对文平
了，他不由得心下感激。

"有件事，可以问一下您的意见吗?"

珠井的眼睛里浮动着一丝不安。

"这个问题，除了您，也找不到别人可以问了。"

"什么问题呢?"

"有件事情，我经常犹豫，不知道对不对。就是项链、戒指，又或者不那么值钱的胸针和耳环之类的，是不是也可以打捞起来呢？"

原来说的这个，舟作舒了口气。

"之前劳您打捞回来的手表，其实已经坏掉，指针也没有，但还是请您送回去了。那个戒指和发冠，在一般的百日元商店①也都见得到。所以，我在想自己是不是太小题大做了。不过是几个玩具而已，反而辜负了您和文平先生的一番好意，是不是错了……最近一直在烦恼这件事。您，怎么看呢？"

舟作听出了珠井的孤独。这件事要是出了什么问题，他肯定也是自己一个人担着吧？即便苦痛难耐，他也绝不会将其他人卷进来，独自应对一切。为了保护参与计划的人，他制定了各种规定，规定约束了这个计划，也绑缚住了自己。对于这样的他，又有谁会责备呢？

"不，您是对的。"话刚出口，舟作又觉得不太对，连忙摇

---

① 百日元商店，所有商品都卖一百日元的商店，类似于我国的两元超市、十元超市之类。

了摇头接着道，"究竟什么是对的，什么是错的，恐怕谁也说不清楚。只是，我赞成您的想法，认为将那些玩具送回去的决定是正确的。"

珠井的表情这才稍有舒缓，紧张的肩背也终于放松了下来。

"听您这样说，比什么都安心。谢谢您了。"

舟作有些受宠若惊，点头致意后准备离开。

"啊，濑奈先生，还有一件事，想再重申一下。"

珠井看起来有些不好意思，不像平常的他。

"之前说过的，您这边和我们的接触，只限于这个房间，只限于你我二人之间。这一点，恕我多嘴，希望您一定要遵守，好吧?"

"嗯，好的。"

虽然不知道珠井为什么特意提到这个，舟作还是点头应允。出门进电梯后又想起楼下咖啡厅的那个女人来，也不知道她是不是还在那里，不知不觉间竟紧张了起来。

无论发型、身材还是着装，她跟生长在渔港的自己完全不是一路人。这样的女人估计只有在青山或者银座那样繁华的大都会才看得见——虽然搞不清青山和银座有什么区别，但光是地名就令人胆怯——她为什么盯着自己看呢？总觉得有些莫名的恐惧。

而且自从在那片海里潜水以来，他的性欲变得越来越旺盛。这种时候碰见那样的女人，不一定能按捺住。

默念着"不要在那里"，舟作走出电梯。

女人不在咖啡厅。

他松了口气，同时却隐隐觉得有些可惜。

先不管了！他低着头逃跑一般出了宾馆大门，快步跑向停车场，一头钻进了小卡车里。然后长长舒了口气，启动引擎，头脑中浮现出满惠的身体来。要快点把钱给文平，然后早点回去。舟作踩下了油门。

这时，女人的身影闪现在车前。

3

舟作慌忙踩住刹车，车轮骤停的尖锐噪音响彻车内。他的前胸差点撞到方向盘，幸好被安全带拽了回来。

舟作赶忙抬头，看女人是否安全。

这时，副驾窗户传来咚咚的敲击声。应声去看，那女人正用手指焦急地敲着窗户，柳叶细眉几乎要竖起来了。不及细想，他打开了副驾的车门锁。

女人一把打开车门，也不看舟作，径直钻了进来。连衣裙的下摆晃动间，匀称的小腿像迅敏的小鸟一样，闪过舟作的视野。

"快开车。"

她的声音比想象的要低，甚至有点嘶哑。

匀整柔软的身体触手可及，甜甜的香味飘向鼻尖。舟作的脑袋有些晕眩，一时几乎思维麻痹，不能思考。

"快开车走！"

声音高了起来，女人焦急地转过头，深深的双眼皮下是似乎流过泪的眸子，注视着舟作。眼中的光，如同在深海向上看时那一点摇晃的阳光一般。无关于性，舟作只是单纯地觉得美。但转念间，胸中又涌起强烈的欲望，想将眼前的身体据为己有。

看他还是不动，女人焦急严肃的表情崩溃了，竟似快要哭出来一般。

"求你了……"

声音仿佛央求。不仅舟作,连女人似乎也被自己的声音弄得有点困惑不解,旋即转过头看着前方柔声道:

"请您开车,快一点……"

舟作仍然一头雾水,但总这么僵持着也不是事,只好先开车出发了。

从宾馆的停车场出来,舟作也不知道该向左还是向右,回头看女人。只见她靠着车窗屈身埋头,似乎担心有路人看见,只能按照自己要去的方向,先拐到左边。小路直行一段后,在进入大路的红灯前,他停下车,第一次开口问女人:

"你要去哪?"

舟作问完话,这才意识到自己让素不相识的女人就这么坐进车里来,竟也没有生气,有点犯糊涂了。

但扭头一看那女人,又止不住浮想翩翩。她正屈着身体用手捂住脸,胳膊抬起,于是从纤细的腰部至隆起的胸部呈现出一条完美的曲线,透过裙子还能看到从腰部至大腿的曲线乃至大腿间的凹陷。舟作一时失语。

突然，背后传来阵阵喇叭声，原来信号灯早已变绿了。女
人不说话，他只好朝着自己惯常去的方向转动了方向盘。小卡
车混进了大道上的车流中，渐渐远离宾馆所在的街区，女人这
才坐正身体。

"实在抱歉！"

她坦诚地道了歉，声音坚定有力，但并没有看舟作，只是
将头微微偏过来。

"可以找个地方，和您单独谈谈吗？"

来不及去想她是谁，有何目的，舟作完全被"单独"二字
引得心怦怦直跳，好像又回到了看到女孩的一举一动都会朝性
的方向联想的少年时代。他一时仓皇失措，不知道该如何
回答。

"您知道哪儿可以让我们单独说话吗？"

她的声音安稳了下来，听上去甚至有点冰冷。但这反而令
舟作止不住去想象抱住她时她会发出怎样狂乱的叫声，一时心
中小鹿乱撞。

"那里怎么样？过了十字路口的那里。"

女人靠过来，伸出右手准备指方向，但似乎又担心自己的

右手会碰到舟作的肩膀，影响他开车，于是换成左手，斜指着右边。

小卡车渐渐从办公楼和商业大厦林立的繁华中心远去。十字路口是个分界点，以内是最繁华的中心街区，以外是渐趋萧条的街区。舟作不明白女人指的什么地方，目光停在她左手的手指上。

她的手指正如她的肢体一般纤细柔软，无名指第二指节下戴着一个戒指。

戒指形如树枝又或藤蔓，其下隐藏着人形，缠绕手指。舟作开着车，不能细看，回头注视着前方的十字路口。

"我们去那个宾馆吧，可以麻烦您开车过去吗?"

说完，女人收回了左手。

过了十字路口，右前方有一家宾馆。看起来介于经济酒店和胶囊旅馆之间，比舟作之前去的宾馆级别低很多。宾馆外壁被熏得发黑，细细地直立着。估计不用提前预订，应该也有空房。客人不是中小企业来出差的职员，就是这附近为求一时之欢的男女。

"这样真的好吗?"

舟作心里想着，侧头又看了女人一眼。

她的眼睛看着宾馆的方向，并不紧张。宾馆的停车场建在地下，需由旁边狭窄的通道进入。为什么要处处揣摩这女人的心意？舟作对自己生起了闷气，心里嘀咕着"管她呢！"，从十字路口往右拐，到了宾馆前又将方向盘往回打，驱车驶向地下。

停车场很狭窄，只能停八辆车，但空着五个位置。昏暗的灯光令人发瘆。舟作随意选了个地方停下车，将后背靠在了椅背上。及至此时，各种情绪涌上心头，再加上周围氛围的影响，他突然恼怒不已，看向女人。

女人似乎也注意到了这个地方的"邪气"，连忙打开车门出来，在车外看着舟作。

"这种宾馆的咖啡厅，白天应该没什么人。"

她似乎很有经验。关上车门便向停车场的出口走去，似乎舟作理所当然就该跟上来似的。舟作气愤不已，但比起气愤，更想弄清楚这女人到底是谁。

"真是的，他妈的搞什么名堂！"

骂了一句好歹算是给自己一个交代，他下车追了上去。

上了地面，看了看道路两旁。时节已经是秋天，但阳光依旧强烈，只有几个看起来像上班族的男女走过，并没有女人的身影。于是，他转身向宾馆走去。

跨过几级小台阶，穿过自动门，宾馆正厅比屋外要暗许多。舟作朝里走去。左手边由隔板和观赏植物隔出了一个咖啡厅，入口在前台的旁边。

四十多岁的前台接待站在柜台里面看着他，并不打招呼。也难怪，他的装束看着实在不太像客人。

舟作一言不发，走进了咖啡厅。咖啡厅看来代替了候客厅，设有六张桌席。入口的报刊架上挂着本地报和体育报等四种报纸，墙上贴着当地演歌歌手的海报和秋日庆典的通知。

女人坐在里面靠窗的桌子。如她所说，现在既不是早饭时间也不是午饭时间，咖啡厅里没有别的客人。

"欢迎光临！"

身后传来亲热的欢迎声。一个略胖的中年女店员穿着藏青色的旧制服，手里的托盘上放着两杯水，微笑着等舟作坐下。

似被催促了一般，他朝女人所在的桌子走去。未等坐定，店员已经将两杯水端正地放在两人面前，然后很自然地坐到了女人对面的一把椅子上。椅子看上去很硬。

"两位决定好点什么了，麻烦再叫我一声。"

语气很亲切，但听起来就像在说"东西就那几样，选起来应该不费时间"。看了看桌上放着的菜单，仅有咖啡、红茶、果汁和啤酒，而且吐司面包只在早饭时段才提供。

"要一杯冰咖啡。"

女人望着舟作，似乎在埋怨他没有先点。

"我也是……"

舟作也小声地点了单。

店员起身向前台走去。前台的后面，应该设有厨房。

"实在非常抱歉，希望您能原谅我这么莽撞。"

女人坐直，两手放在并拢的膝盖上，恭恭敬敬地低头道了歉。

长长的头发滑过上等布料的裙子，发出响声。看她的姿势，似乎学过茶道或者花道，身板挺得笔直，很美。

跟这样的女人面对面坐着说话，有生以来头一次。舟作看着自己身上的渔夫装束，越来越觉得如坐针毡。

女人抬头理头发时，耳垂上的泪滴状耳环露了出来。耳环的设计风格和戒指类似，泪滴里面或雕刻或焊接着树木、小鸟类的图案，做工非常精细。

"我叫真部透子。"

她清楚地说出自己的名字，并将米黄色的名片放在满是裂纹的塑料桌子上。

舟作默默地拿起了名片。

名字旁边写着"首饰设计师"。她佩戴的戒指和耳环，很可能就是她自己设计的。背面印着事务所的电话号码和邮箱地址。

"透子……"他试着在心里叫了一声。

"这张名片，请您一定要保管好。"

声音比之前在车里高了一些，尖了一些，或许是情绪稳定了的缘故吧。

舟作抬起头，疑惑地看着她。

"我的意思是，这张名片，一定别让珠井先生看到。我是会员，就是那个拜托您从海里打捞物品的协会。"

"啊……"

舟作一下子如闻惊雷。同时，也理解了女人所有举动的因由。

　女店员将冰咖啡端了过来。速度之快，就像提前泡好预备在了冰箱里一样。

　透子不耐烦地等着店员离去，然后身子前倾，靠近舟作。

　"请不要装作不知情。对您，我仔细观察和确认过的。之前，您也出现在那个宾馆，跟今天一样，开着小卡车来，穿着像渔夫，手里却提着小型旅行箱。而且进旅馆时提着箱子，出来的时候却是空手。"

　她停顿一下，看了看舟作。舟作过于惊讶，一时不知该如何作答。她继续说了下去。

　"我们会员每次都在那个房间里集合，确认从海里打捞起来的物品。物品被整齐地放在铺着黑布的桌子上，一件一件隔得很开。珠井先生发给我们手套，让我们细细辨认。房间的墙角放着的箱子，就和您提的一样。上一次，上上次，都是如此。今天想必也是如此。"

　"……为什么?"

　自己到底想问什么，舟作不清楚，但话已经从嘴里漏了出来。

"我一直很想见您，很想和您谈一谈。"

透子激动地说着，稍微侧了侧细细的脖子。

"我没有认错人，是吧？您就是在那片海里，那片毁了小镇的海里，为我们潜水打捞的潜水员，没错吧？"

事到如今，想瞒也瞒不住了。但没有珠井的许可就这么承认了，便跟背叛没有两样了。舟作不敢看她的眼睛，只是低头看着桌子。

"您说的珠井先生，是怎么跟您说的……关于您说的，在那片海里潜水打捞的潜水员，是怎么说的呢？"

眼角余光里，透子的坐姿微微有了些变化，前倾的身体收了回去。

"关于这位潜水员，珠井先生说得不详细，只说他是职业潜水员，而且有教练执照，技术十分高超。而且他在那次灾难中，也失去了家人，虽然和我们不是一个地方。所以，能够十二分地理解我们这些会员的心情。这一点，从珠井先生给我们看的照片，他转述的海底景象、物品被发现时的状态以及好不容易找到却不能打捞回来的细节中，都能感受到。"

"您说的这位珠井先生，允许您直接和潜水员见面吗？"

透子一时哑口无言。

舟作抬起头，她低下了头。

很快，心态似乎调整了过来，透子抬起头注视着舟作的眼睛，摇了摇头。

"会员私下和潜水员联络，是被严格禁止的。珠井先生说，考虑到万一的情况，还是彼此不认识为好。这一点，我完全同意。另外，他说要是每个会员都直接跟潜水员见面，提出自己想要找什么，对潜水员将是额外的负担。这一点，我也能够理解。"

既然如此，你又为何……心里想的，全写在了舟作的脸上。

透子深深点了点头，接着说道：

"珠井先生的决定，我完全同意，也都能理解。但是，随着一次次看到从海里打捞起来的物品，听到他转述的潜水员在海里看到的情景，心里渐渐有些动摇。后来，看到一张照片，就再也忍不住了。我向他申请，想跟潜水员见面，想跟潜水员谈谈。我知道这个要求很过分，但无论如何也想见。珠井先生拒绝了。没办法，我就只好在那个咖啡厅等了。是您，没错吧？您就是潜水员，没错吧！"

舟作回想起临别时珠井对自己说的话。他可能就是猜到透子要跟自己联络，才委婉地提醒了吧。

话说到这里，很难再否定了。而且，舟作对透子这个人很感兴趣，也很好奇她要说的话。不过不管怎样，都不能忘记了珠井为筹措这个计划所耗费的心血。

"无可奉告。"

舟作将那个耿直真诚的中年男子的身影立在心头，如是回答。透子缓缓闭上眼睛，直挺的后背也一下子没了力气，靠在椅背上。眼睛扫到桌上的冰咖啡，她机械地伸手拿过吸管，喝了一口。

舟作也立即伸手端起杯子，大口喝了起来。

隐约感到透子又抬起了头，舟作一看，发现她竟是微笑着注视着自己。

"您真是个好人。"

"嗯？"

"我明白为什么珠井先生能够信任您了。当然，去那么危险的地方为别人潜水打捞，本来就非常了不起……潜水的是您，真是太好了，我现在真是从心底里觉得安心。"

舟作有点害羞，但更觉生气：我可是对你有非分之想的人，说这种吹捧话，好吗？我只是不想背叛别人，仅此而已。

"可以告诉我您的名字吗？"

"……濑奈舟作。"

舟作又告诉了她汉字怎么写。

"那么，濑奈先生，我今天在这里，跟初次见面并且碰巧同席的男性说一些事情，请稍微听一下。"

透子似乎也安下了心。她拿出一张照片放在桌上，照片里是舟作之前找到又被要求送回的玩具戒指，金色的底座上装饰着红色的塑料宝石——海底的照片，只要会员有需要，都可以打印出来带回去的。

"我加入时，接受了不能打捞贵重金属的规则。但看到这张照片后，才真正知晓了规则的意义。原来，即使是没有价值的玩具也不行呢，心里有些震动。"

她举起左手，手背朝前向舟作伸了过来。秋日温柔的阳光，透过窗户照了进来。无名指上的戒指，愈加闪闪发光。

戒指宽约一点五厘米，金属材质，雕刻精细。正中间是一

朵花，花上坐着长发的小人，两边延展出树枝，树枝上缠绕着
藤蔓。

"这是我设计的结婚戒指。这张照片上的，是我丈夫手上
戴的。"

透子又拿出一张照片放在桌子上。照片上的戒指酷似她手
上的，不同的是小人头发很短，身体的朝向正相反。这时舟作
才明白，原来对戒分别设计成了男女的形象，摆在一起时，两
个小人正好呈相拥状。

"我和丈夫本来一起住在东京。他的老家，就在那个被海
啸毁掉的镇上。公公十五年前去世，留下婆婆一个人。后来婆
婆患了老年痴呆症，就送进了镇上的养老院，他有空就会回去
看望。四年前地震的时候，他便在老家，可能是被大水卷走了
吧，和我再没联系，到现在也不知道在哪。所以，有件事情，
我一定要拜托您。"

舟作大概明白她要说什么了：寻找她丈夫的戒指。

但要找到何其困难。除了不能打捞贵重金属的规定外，在
那样广阔的海里找一枚戒指……

"我想对潜水员请求的是，不要寻找我丈夫戴着的戒指。"

舟作有点怀疑自己的耳朵，惊疑地看着她，想问是不是说反了。

"一定不要找。"

透子坦诚地看着他，又重复了一遍。

"即便真的找到了，也希望潜水员就当什么也没有看到，一定不要拍照，也一定不要跟珠井先生说起。"

舟作语塞，不知该如何作答。

透子说完，又重重点了一下头，像是自我确认一般。

"当然，在广阔的海里要想找一枚戒指，可能性几乎是零。但是，潜水员大概知道在哪儿找到的可能性更大。"

……我？

舟作下意识地眨了眨眼。

透子打开手边的包，又拿出一张照片，叠放在玩具戒指的照片上。黑色皮革的包上，边缘绣着银色的爬山虎。

他记得这张照片：挤压得严重变形、车牌号已经看不清的进口车和车身上印着养老院名字的单厢车，堆叠在一起。

"这辆车是我丈夫的。虽然被挤压成这样，但我能看出车种确实是一样的，而且司机座椅上有条状花纹。"

舟作顺着她的手指方向看去。拍摄当时开着闪光灯，所以照得并不清晰。但从没了玻璃的车窗看进去，能发现司机座椅上确实有着一般汽车座椅没有的条状花纹。

"这是我缝的座椅套。从图案和条纹的间距可以判断，绝对没错。而且单厢车上养老院的名字，正是婆婆住的那个。当时这两辆车或许停在养老院的停车场内，被水冲走了；又或许是开车去避难的时候，被水冲走了……这张照片，您还记得吗？"

舟作点了点头，一时忘记这样会暴露自己潜水员的身份。这两辆车的内部，他都确认过，并没有发现遗体。不过，当时他压根儿没想过要把座椅套取下带回来，或者说根本没有注意到。

"珠井先生说过，这两辆车里什么都没有。所以，我想拜托潜水员的是，不要再在这两辆车附近搜寻了。因为在这两辆车周围，找到那枚戒指的可能性即便很小，比起其他地方也大多了。"

"但是，为什么呢……"

舟作不禁问道。

"就是不想找到，仅此而已。"

透子神情严肃，语气果断。说完后，她将桌子上的照片都收拾进了包里，拿起茶水单，站了起来。

"占用您的时间，实在抱歉。"

她低着头，有些愤然地离席走向前台，也不顾前台接待和女店员好奇的目光，付了账。付账时似乎想起了什么，接过找回的零钱后又走到舟作面前。

"让您到这里来，什么酬谢也没有给，是我疏忽了。很抱歉，没有准备信封，只能就这样给您了，希望不要介意。请一定收下。"

她不好意思似的说完，往桌上放了一万日元。舟作来不及拒绝，她已经背过身，逃跑一般离去了。

舟作慌忙站起来，膝盖却不小心碰到桌子撞翻了咖啡。一收拾，耽误了追赶的时间，等再追出去，已经迟了。

十字路口对面，透子钻进一辆出租车，正绝尘而去。

4

抱住满惠一番云雨之后，舟作从她身上翻滚下来，仰身躺在床上。

适才他已经用尽了全力，这时只能微张着嘴巴，半睁着眼睛，呆呆地看着情侣宾馆略有些发黑的天花板。天花板角落里，有个小黑点在动。定睛一看，原来是一只壁虎。

宾馆后面是一家倒闭的小酒馆，建筑之间长满了杂草。壁虎是从哪爬进来的呢？

每当看见这种蜥蜴类动物时，舟作都会回想起小时候听说的事：它们从恐龙时代生息繁衍至今，几乎没有什么变化。然后又联想起哥哥带自己去挖化石，他说："保不齐，这里啥时候又沉到海里去了。"

即便全世界都沉到海里，人类都灭绝了，这小东西估计也能活下去吧。

舟作盯着天花板上的壁虎。

它趴在那，岂不是把自己和满惠的风流，全看在了眼里！

他伸手想抓点什么去砸，但是枕头太大，继续摸索，碰到了避孕套的包装纸。

满惠还可以生育，所以做爱时得采取安全措施。以两人现在的收入，实在难以养活三个孩子。但，避孕并不完全因为这。舟作考虑更多的是自己在那片海里潜过水，有些忧怯。虽然每次潜水后，用放射性检测仪检测出来都没有问题，也知道自己的担心并没有根据，但还是怕万一拖累了妻子。小心为上。

舟作将包装纸揉成一团向壁虎扔去，包装纸没到天花板就掉了下来。

"你怎么了？"

满惠的声音还带着微微喘息。

"没什么……"

"他爸，今天出了什么事吗？"

舟作听着，觉得似乎有股热气一头扎进了自己腹中。

"……为什么这么问？"

他小心地稳住自己的声音。

"不知道怎么回事，就是觉得有点害怕……"

"害怕？……你害怕什么？"

满惠话到嘴边，又咽了回去，偏了偏头，似乎担心自己说出的话可能会伤害到丈夫和自己。

你是不是有了别的女人？你刚才太野蛮了……

舟作自然知道她不会这样直言，但要真被问了，该怎么回答？当然会矢口否认，但自己能安然地否认吗？

说实话，刚才伏在满惠身上的时候，他看到了透子。

明知不对，却还是止不住地去想象透子的乳房、腿脚和腰身。直到满惠高喊"舟作、舟作"，他才将幻影中的女人抹去。他一边将自己到顶的兴奋全向妻子释放出来，一边在心里乞求着原谅。

但，罪恶感完全没有释去。

"今天海上浪有点大，可能是因为这个吧。"

舟作扯了个谎，避开话题。

"你不要紧吧？"

满惠就这么天真地相信了？又或者明知自己在说谎，却就坡下驴呢？

"没事。只是稍微有点风而已，早就习惯了。"

"……你可不要太勉强自己。"

她伸手拉住舟作，与他十指紧扣。

舟作把在那片海里潜水的事告诉了满惠。本来想说只是帮文平打鱼，但转念一想，两人是夫妻，一起担负着对孩子的责任，要是不说实话，对不起她。面对的又是那片海，他也不想再撒谎。而且和满惠坦白，应该更能坚定自己的决心。

满惠听说后，自然担心丈夫的安危，也说出了这份担心。但她也知道，舟作是想去那里潜水的。

"要是我反对，你会作罢吗?"

"你要是实在不愿意，我就不去了。"

这是舟作的心里话，但同时他也预感到自己肯定会为潜水再说谎的。满惠估计也看出了这一点，并没有反对，只提了一个条件：绝对要活着回来，要是碰到危险，一定要为水希和晓生着想，活着回来。

舟作知道大海的恐怖，自己不过是一个渺小的人类。他答应了满惠，同时想起刚交往时她说的话。

交往两年并准备结婚的前女友，只把大海当作玩耍之地。去潜水，只是想看看珊瑚礁，与漂亮的鱼儿、海豚一起游泳，与他结识也是在国外的潜水风景区。然而舟作是靠大海吃饭的。大海美丽，但同时险象环生，令人恐惧。曾有几次，他在狂风大浪中命悬一线。所以，前女友拒绝了他，说受不了时时为未来的丈夫担心。

而满惠之于潜水，几乎全无经验；对于大海的恐怖，却有切身感受。她的外祖父是渔夫，舅舅（即门屋的父亲）也是渔夫。母亲年轻时去了内陆城市工作，后来便在那里结了婚。父亲是当地的公司职员，一家与大海几乎没有交集。但每次跟着母亲回外公家时，都会接触到靠海为生的渔夫们，因此从小便对海上的事情耳濡目染。她说，刮风起浪的时候，大海就像发怒的神明，使人畏惧。但她并不因此讨厌海，也无所谓喜欢。

海，只是海，不管怎样都存在。

"出海打鱼很恐怖，说不定哪天就死在海上了。"

交往时，舟作开玩笑地说。

"你不会死。"满惠不当是玩笑，很严肃地说，"你不会死在海上。"

"为什么?"

"你是受大海爱护的人。"

"大自然是没感情的，要死的时候谁也逃不掉。"

舟作苦笑。

"你绝不会死在海上!"

满惠竟流下了眼泪。

当时门屋刚介绍两人认识不久，彼此连手都没有拉过。见她这么激动，舟作一时竟不知如何是好，但心中隐隐觉得：这个女人要是在身边，说不定自己真能在海上保全性命。他当即表白，在她点头后，伸手扶住脸颊吻了她的唇。

"他爸，他爸!?"

满惠的声音似乎从远处传来，舟作睁开了眼。不知什么时候，他竟然迷迷糊糊睡着了。

只见满惠正坐着，裸着后背穿浴袍。

"他爸，你在听我说吗?"

转过的脸上虽流着泪，却蕴着怒气。

"怎么了……"

舟作的声音半哽在喉咙里。

"他爸，我可是相信神明存在的!"

她抽噎着吐出口气，咬住下嘴唇，忍住了泪水。

没想到竟然是这句话。

不，或许这句话她已经闷在心里很久，一直没有机会说出来，此时才终于下定决心说了出来吧。

"我知道你心里怎么想的，可我相信有神明存在。我知道这么想对不起大哥，但要不是他，死的人可能就是你。要是你当时没有腰疼，没有待在家里，水希和晓生可能就会去被海水冲走的保育园或者跟你上了船。我知道这么想对不起大家，真的对不起大家，但是……"

她抽泣着背过脸，反复深呼吸，忍住眼泪。

"每天看到你跟孩子睡在床上，我都从心底不住地感谢神明。他们骑在你背上玩耍的时候，我给你们三个做饭的时候，甚至打扫厕所的时候，都忍不住这么想。我想对神明说谢谢。每天都是，早上是，晚上也是。"

说到这里，满惠起身快步去了洗手间。

天花板上，那只壁虎不知道什么时候已经爬到别处，不见了踪影。

侄女麻由子噘着嘴唇，张开鼻孔，勾着腰，迈着螃蟹步，嘴里发出"嚯！嚯！"的声音，左一下右一下地走来走去。

水希和晓生在跟前看着她滑稽的样子，笑得前仰后合，差点流出了眼泪。

麻由子来舟作家已经是第六天。周五晚上过来，过完周末，又从周一待到周三，若仅仅是为了事先看看大学，应该早就完事了。而且，这时节高中也没放假。她只说自己跟学校请了假，不说几时回去，也没有要回去的迹象。

刚来那天，她母亲诗穗打来电话，之后便再没过问，似乎只想确认女儿是不是真到了舟作家。

舟作的哥哥和双亲已经离世，但打断骨头连着筋，仍然是麻由子的父亲和祖父母。不过对诗穗来说，既然已经离了婚，自己就是外人。去年三月做法事时，双方见过一次面，之后便再没有联系。她在电话里说："麻由子给您家添麻烦了，不过正好借这个机会让她好好冷静下来，想些问题。"语气有些生分，但又隐隐带了些负罪感和恨意。舟作猜母女俩是吵架了，而这吵架可能还跟自己家有关系。

"大猩猩应该就是这样，没错吧？"

麻由子表演完，一改滑稽的扮相，又变成了可爱的女孩。

从周六晚上开始，每天晚饭后，三个小孩便一起玩大富翁游戏。他们从儿童杂志的附页取出地图，轮流掷骰子前进。地图方格内有各种指令，诸如扮猩猩和蛇等动物、唱歌、拧右边的人、被左边的人挠痒痒等。舟作有时也被强拉着参与。比起到达终点，他们更喜欢游戏中的指令，每当骰子摇起来时，就笑得合不拢嘴，吵闹不已。

麻由子十八岁了，这个游戏于她算不上多有趣。但为了陪水希和晓生，她每次都认真地扮演动物或者故意唱跑调的歌。乌黑光亮的头发一直垂到胸前，圆圆的脸蛋和温柔的大眼睛像她已逝的父亲，瘦削的鼻梁和柔软的脸颊则与母亲无异，合在一起就成了一张娃娃脸，与小堂妹和小堂弟在一起玩，并不显得突兀。虽说要上大学了，看上去却更像要进高中的初中生。

不单麻由子，近来的孩子大体都显年幼。在潜水教室学潜水的大学生，看着也就像高中生。舟作跟门屋说起时，他歪嘴一笑，说：“这大概是成年人幼稚化的反映吧。”

桌子上的闹钟响了起来，麻由子随即举起双手，表示游戏时间结束了。

“再玩一会儿嘛！”

晓生和水希还没尽兴，异口同声地耍赖。

“姐姐陪你们玩了这么长时间，不应该说谢谢吗？已经九点了，还不快去刷牙！”

满惠在一旁严肃地敦促。

麻由子率先收拾好游戏地图和骰子，站起来去刷牙。两个小孩立即跟在身后，像小仆人争宠一样，争先恐后地准备睡觉。

舟作一家寄身的公寓，厨房约五个平方，起居室分别为七个和十个平方，另有厕所和小浴室，仅此而已。并排的两间起居室原本用拉门隔开的，嫌拘束，就收起并成了一间。所以，无论吃饭、孩子做作业，还是晚上一家四口就寝，都在同一个空间里。晚上，孩子们睡在大的房间，满惠在小的这边做些针线活，舟作则在一旁翻阅新式潜水设备的目录。一家四口互相陪伴。

家里并没有专为客人准备的被子。于是，满惠从柜子里找出两个孩子小时候睡过的被子重新改过，保证五个人可以同时就寝。孩子们换上睡衣，刷过牙，上完厕所，道过晚安后便一起钻进被子里睡觉去了。水希和晓生睡在两边，将麻由子夹在中间。

"姐姐什么时候回去?"

水希担心地问道。

"唔，我也不知道。"

麻由子含混地回答。

"那就别回去了!"

水希央求。

"嗯! 麻由子姐姐,你就一直住在这里多好!"

一旁安静听着的晓生也撒起了娇。

"我也想啊,可要一直住在这里,就太麻烦你们了。"

"一点都不麻烦! 和姐姐在一起多开心啊。"

"但是叔叔和婶婶会很难办的。"

"怎么会?! 是吧,妈妈,姐姐可以一直住在我们家吧?"

满惠正在另一间房里叠衣服,听到水希的话,语气平稳地回答道:

"当然没问题,姐姐陪你们玩,又给你们辅导作业,我谢谢她还来不及。倒是妈妈没能带姐姐去哪里玩,觉得很不好意思呢。"

"爸爸,你觉得呢? 姐姐可以一直住在我们家,没错吧?"

水希从被子里坐起。旁边躺着的麻由子望着天花板,脸上疑云重重。

"比起我们,姐姐才更不方便吧。家里这么小,你跟弟弟又总是闹腾，也不好好学习。"

舟作一如既往，在看与潜水相关的书。

"是吗？我们没有好好学习吗？"

水希问麻由子。

"你跟弟弟在学校的时候已经很努力了，所以啊，一点问题都没有。"

麻由子微微一笑。

"爸爸，你听！"

水希喊道。

"妈妈，你听！"

一旁的晓生也帮腔。

"只要姐姐愿意，我们家什么时候都没问题。"

舟作没有对着自己的孩子，而是看着神色紧张的麻由子的侧脸回答。

两个孩子立即笑逐颜开，闭着眼睛的麻由子神情终于舒缓了下来。

不大一会儿，玩累了的水希和晓生已经进入梦乡，屋里传来两人熟睡的鼻息声。

门屋送了白兰瓜，之前一直没给孩子们吃，这时满惠将瓜拿出来切了，端到小房间的饭桌上，小声叫麻由子。

"还没睡吧，过来一起吃块甜瓜。"

夫妻俩并没有事先商量，可能满惠觉得是时候该问问这孩子的想法了。她坐到舟作旁边，空出了对面的座席。麻由子静静起身，来到桌前坐下，微微低着头。

"我们家，只要你愿意，一直住在这里都行，婶婶说的不是客套话。但是，你不是还有半年才高中毕业吗？家里发生了什么事吗？"

满惠的语气很轻柔。

麻由子脸上不见了刚才的笑脸，只是低着头不回话。

舟作不禁想起做法事那天的她。她当时还在上中学，面对父亲的遗体，没有哭泣，只是安静地坐在椅子上。

同时失去三个亲人，满惠和两个孩子都忍不住眼泪直流。远来奔丧的门屋、亲朋好友和近邻同事，也都哭了。从内陆赶过来的诗穗更是号啕大哭，仿佛离婚时的镇静都是谎言一般（满惠说，她到底还是真心爱过大亮的）。

但是麻由子没有哭，至少没有人看到她哭过。

就舟作所知，关系亲近的人中没有流泪的，除了她，便只有自己了。

"和妈妈吵架了吗?"

舟作问，麻由子眉头微蹙。

"妈妈跟您说了什么吗?"

她眨了眨眼问道。一紧张便眨眼，这习惯大亮没有，但舟作和舟作的父亲都有。

"没有，只是我们有这感觉。"

麻由子抬起头看着天花板，叹了口气。

"跟我们说说，可以吗?"

舟作试着给她鼓气。

"妈妈说要再婚……"

她继续呆望着天花板，突然脑袋耷拉下来，仿佛一下子没了力气。

"诗穗吗?"

满惠惊讶地问道。

麻由子微微点了点头。

"以前，应该说很早以前，爸爸还在世时，我就隐约觉得有这么个人。我十岁和十二岁的时候，她都问过我要是有个新爸爸愿不愿意。我说绝对不要，第二次还用了'不干净'这个词。虽然心里能理解，她有了别人是没有办法的事，但当时爸爸还在，爸爸也没有再婚，他每次见到我都会很关心地询问妈妈的状况。我觉得他还爱着妈妈，心里一直希望两个人可以复合。可是后来出事了，爸爸不在了。之后，妈妈再没有提起再婚。本以为她是放弃了，实际上她一直和那个人在交往。前些天我说，想去东京或者横滨读大学，成绩差不多，应该还能申请到奖学金。这时她突然说，等你上大学了就再婚。我大吃一惊，她说已经决定了，说是自己的人生由自己决定。我问她，有没有考虑我的心情？她却说，你已经长大了，今后离开家进入社会会遇到很多人，自己却是孤零零一个……她完全只考虑自己，一点都没有想过我。"

舟作在心里计算着。

大亮和诗穗是高中同学，两人二十五岁结了婚，当时诗穗已经有了身孕。七年后离婚。大亮没有再婚，但常去花柳巷，也跟在酒馆认识的几个女人先后短暂交往过。他离婚时不过三十二岁，这也无可厚非。同理，诗穗也是正当盛年，追求她的男人应该不在少数。但带着女儿在身边，又是连大亮的一次背叛都容不下的较真性格，想必不会轻易对哪个男人动情，肯定是慎之又慎才选好对象，培养感情。等女儿十岁的时候，先试探她对自己再婚的意见，遭到反对；又等了两年，再问了一次。其间交往的对象，应该是同一个人。当时她已经三十八岁，正和那个人商量接下去的生活时，前夫和前夫的父母却意外罹难。自然，两人不得不先将再婚搁置了下来。

但是以两人现在的年纪，另找对象已非易事。即便另找了对象，也难以再找到性格相合且相处日久的人了。诗穗如今四十四岁，等女儿离家上大学后便是孤身一人了。不得不说，这是最后的机会，所以她向女儿直接摊牌了。这一次不再是商量，而是决定，是开始新生活的宣告。

虽然不知道对方是什么样的人，但既然是诗穗选定的，又这么多年对她不离不弃，想来应该是诚实可靠的。或许男方已经四十过半甚至五十出头，已经不能再等，于是提出了强烈的要求。

应该说，两个大人为孩子和有关的人都考虑了又考虑；但是从孩子的角度想，当然又是另外一回事。

"所以跟妈妈吵架，然后离家出走了吗？"

满惠问道。

"正好也想先来看看大学，虽然早了两个星期，但我还是下定决心出了门。我没有跟学校请假，妈妈应该跟学校打电话联系过了。"

她的声音听着没什么力气，话里透着对母亲的依赖。其实麻由子多少也能理解大人们的事情，但或许是不甘心被别人夺走了母亲的爱，且心里依旧怀念着去世的父亲，所以才会闹别扭的吧。

"真是烦人啊！"

这句话，连舟作自己都感到意外，满惠和麻由子更是投来惊讶的目光。舟作明白作为大人理当劝解侄女，最后却只从嗓子里挤出一句话："我也觉得，这种事情很烦人。"

——这也是他每次去那片海里夜潜前的心情。

每次潜水，随着头渐渐没入水中，周遭一片漆黑，只觉得孤独和害怕。虽然脑子里清楚当下是什么状况，也知道自己该如何应对，但身体总是不听使唤。这种时候舟作都会希望有个同伴在自己身边，但，只有自己一人。有意无意间，发现斜上方似乎有光。抬头去看，那是文平挂在船舷上的灯，供他上浮时辨认方向用的。尽管尚未下潜，舟作已经觉得这光救了自己。正是这一点光，告诉他自己不是一个人，告诉他潜下去后有人在上面等着自己。此时，他才能鼓起勇气，身体终于可以动起来。

舟作的手越过桌面，向麻由子伸去。

麻由子不解用意，偏头看他，看到对方示意自己伸手的目光，也小心翼翼地伸出了手。

舟作稳稳地握住了她的手。

没事的，不论什么时候，叔叔都会保护你。

借着交握的手，舟作告诉她。

不论你潜多久，潜多深，叔叔都会等着你浮出水来。所以，放心地去潜水吧，你已经有能力一个人潜水了。

麻由子睁大眼，咬紧牙关，低下了头。

“要是爸爸还活着……”

她抽泣出声，握在舟作手里的手颤抖着。

“我一直想，要是爸爸还活着，只要还活着，就有可能又回到妈妈的身边，我们三个就又可以在一起了……为什么是爸爸呢？为什么就非得是爸爸呢？我怎么都想不通……"

做法事的时候，麻由子和诗穗听说了大亮是替舟作的班才不幸遇难，什么也没有说。但舟作总觉得负疚，特别是面对麻由子时，好像自己犯了不可饶恕的罪过一样，至今难以释怀。

"但是……"

麻由子抬起头正视着舟作，眼里没有一丝恨意。

"还好是爸爸……还好是爸爸……"

两行泪水涌了出来，她仿佛孩子一样，仿佛将十三岁那年起压抑在心里的悲恸全部迸发出来了一样，不断重复着这句话，不断抽噎着。

"怎么了？"

满惠讶异地问，靠过去拥她入怀。

麻由子听凭舟作握着自己的手，身体靠在满慧身上，总算慢慢恢复了情绪。睁开眼，再次看着舟作的眼睛，她止住呜咽说：

"要不然，叔叔就不在了，水希和晓生就没有爸爸了……他们也不会像现在这样笑得这么开心……还好是爸爸，还好是我的爸爸。"

"麻由子……"

满惠紧紧抱住她，舟作稳稳握住她的手，不让她沉下去。

麻由子的哭声很大，但是水希和晓生并没有被惊醒。

第二天，两个孩子上学之后，麻由子给他们留下明年开春再来的信，便起程回家了。

5

十月的第一个周二，台风沿着日本列岛的太平洋沿岸北上，舟作和文平不得不放弃了出海的想法。

第二周是新月，再下一周又有台风，而且晚上没有月亮。

最后一个周二是阴历十五，夜空晴朗，万里无云。月亮从傍晚就爬了上来，圆满无亏。

受月亮的引力，海上涨起大潮，舟作和文平坐在船上觉得海面似乎比平时高了一些。这是老到的渔民才能感受到的。有时候他们对自家的小孩开玩笑，说这种时候在海上离月亮最近，所以月亮看起来更大。但考虑到地球和月亮之间的实际距离，这点变化可以说微不足道。看着月亮大了一倍，不过是人眼的错觉。

月明星稀，不过北向航路的尽头，小熊座及其尾端的北极星清晰可见。再抬目向上，还可以看见M形的仙后座。今晚又看见了两颗流星，舟作还没想出要许什么愿，它们就划过天空去了。

两人乘着小船，渐渐向光区靠近。在今晚这样的明月下，海上有点什么都容易被人看见。虽说这个点应该不会有谁注意，为保险起见，文平还是绕了点远路才来到了预定的潜水点。

每次出发前，两人都会事先议定潜水地点。今天文平提的几个潜水地点，舟作都歪着头没有应承。当问他是不是有特别想潜下去看看的地方时，他又说没有。

倒是有不想潜的，或者说有人不让潜的地方。

"这里咋样？你八月份在这周围潜过。那次没能捞上什么像样的东西，但附近指不定有收获。打鱼时，这叫灯下黑。"

看着海图上的地点，舟作回忆起那片海底的样子，稍作犹豫后点了点头。到了地方，文平放下了船锚。

舟作整理好装备，盯着海看。银色的月光下，海面成了镜子，偶有水纹，也流动得异常厚重和缓慢，仿佛油画一般。此时此景，他都忍不住想：大海是不是牢牢封闭了，不允许人类进入呢？这想法固然愚蠢，但每次后翻入水时，他总会被弹回来的恐惧支配住。

明亮的月光照到水下约两米深的地方，即便不戴头灯，也可以看见吐出的气泡像黑珍珠一样泛着稍显晦暗的光泽向上浮去，数道波纹从戴着手套的手上拂过。

舟作一边平衡耳压，一边看着四周。四周仿佛黎明前的暗云笼罩一般。

靠近海面是一片淡蓝色，越往下越暗沉，及至脚边就看不见了。或许是台风带走了泥沙、木铁碎屑和浮游生物的尸骸等漂浮物，使海水稍显清澈起来。但水里一条鱼也没有，本应沉在海底的房屋、汽车、钢筋也不见了踪影。舟作直立着身子慢慢下落，直到看不见周围自己吐出的泡泡。啊，已经到达了月光照不到的地方。

舟作特意不开头灯，将自己置身于漆黑中。现在是在下沉还是悬浮呢，瞬间竟然判断不了了，只觉得肢体不能随心所欲。"看"这一肉体的动作，此时已然全无意义。在这伸手不见五指的黑暗中，他意识到自己从"人"这一有限的存在中解放了出来。此刻,只有意识是存在的。

或许,自己已经不能算活着了吧。

死,是不是就是这样的?肉体消失,只留下被称作"魂魄"的意识,飘荡在这黑暗的虚空之中。人若长时间处于这种状态,想必会因为孤独与虚无而苦闷,但舟作现在并不伤心,也不痛苦。为什么呢?是因为远离了日常生活的喜怒哀乐,没有肉体,也不再与他人联系,不必再为有人情味的心束缚吗?

我已经死了……这感觉并不令人痛苦。

突然,耳内一阵剧痛袭来,脑袋也似乎被狠狠拧了一般疼起来。

舟作猛地意识到这是因为水压增大。原来自己一直在下沉,漂浮在黢黑的海水中竟忘记了要平衡耳压!他连忙顶起舌头,但通常的方法已经不奏效了,只好用戴着手套的手透过全面罩捏住了鼻子呼气,这才终于打开耳管,觉得轻松下来。他打开头灯,自己吐出的气泡随即映入眼帘。

舟作低头探照自己脚下,发现蛙鞋几乎就要碰到海底斜立着的电线杆了。与它垂直的是横刺出来的一截细钢筋,上面缠着电缆,像巨大的水母或章鱼的触手一般摇动着。眼见被有限的肉体束缚着的自己即将与现实世界碰撞，他大大地吸了一口气，利用膨胀起来的肺的浮力止住身体的下沉，划动蛙鞋，移动到了别处。

晃动头灯，舟作找到了安全着陆点慢慢下沉，轻轻地将蛙鞋落在沙地上，然后单膝跪下。待身体安定后，打开了水下电筒。

今天的水比平常清澈，灯光能照到的范围也更广阔。随着眼睛渐渐适应周围的光线，舟作看见了出乎意料的情景。

海底周围隆起约两米左右的小山丘，一个接一个，一直连绵到远方，看上去就像人工遗迹一般。山丘表面覆盖着泥沙，时不时可以看见斜刺出来的木材或钢筋，偶尔又从斜面的空隙里露出半截汽车、屋顶或墙壁的断片、瓦片、电缆线之类。

海啸过后，被袭击的地区在重建前都进行了大规模的清理。人们利用大型机器将损坏的房屋、建筑、车辆、电线杆、钢筋木材以及沾满泥沙的日用品和生活用品清理到一起，选一个特定的地方堆垒成一座座瓦砾山丘。在海底，大自然似乎也造了不少这样的山丘。之前，舟作看到过两次，不过每次都只是一个。像今天这样大小几乎相等，数量如此之多，范围如此之广的，想都没有想过。

连绵的山丘犹如古代遗迹，让舟作想起了老家出产化石的那座山来。

他觉得儿时的大亮和门屋以及自己似乎就在身后，门屋问："这里以后会不会又沉到海里去呀？"

自己答不会。

身后的大亮却接道："再过很多很多年的话，可说不准。"

"啊，要是真这样的话……"自己想到一句话，却因为怕被哥哥笑话，说到一半又咽了回去。

此时，舟作想起了没有说出口的那句话。

现在可不是想这些事情的时候！他用力地闭上眼睛，摒除杂念，晃动手电筒向前看去。光圈中，被压瘪的进口车和印着养老院名字的单厢车重叠在一起，映入了眼帘。

舟作轻轻迈步小心地向前移动，注意不搅起泥沙。他靠近进口车的驾驶室，用手电筒探照车内。车座确实套着手工缝制的椅套，上面饰有条状花纹。强大的水压下，若不用小刀小心切开，几乎不可能将椅套取下来。不过，透子也并没有说要取回椅套，手边也没有小刀。

　　舟作再次环视车内，或许是海水长期冲刷的缘故，车内除了积在表面的沙子外，没有任何有价值或类似遗骨的东西。第一次来时，后座里还栖息着一条近一米长的真鲷鱼，现在什么也没有。

　　他将单厢车内也重新检查了一遍。同样，在手电筒的光线范围内，除了沉积的沙子，看不见任何遗体或遗骨存在的迹象，倒是栖息着数种小鱼。这些小鱼，估计经常来往于此处与进口车之间。

　　究竟为什么不让自己找戒指呢？透子埋伏着等自己出现，以近乎强迫的方式与自己谈话，又给看了戒指和照片，如此大费周章却只为阻止打捞。她的真实想法到底如何？不得而知。要知道，想在这么大的海里找到一枚戒指，本来就是不可能的事情，根本没有必要特意提出。

　　不过，即便透子的要求令人费解，自己却还是来到了这里。

　　这又是为什么？万一戒指找到了，又该如何处理？按规定，戒指是不能带回去的，也没有人让带回去。透子让自己别找，却反而引起了自己找的兴趣。

舟作打着手电筒，再次仔细检查了进口车的内部。打开仪表盘，里面什么也没有；从破了的车窗探进前半身，拂去车底的泥沙细心寻找，也什么都没有。

"嘿，还真是灯下黑！只是稍微换个地方，收成果然不一样了。"

院子里铺着蓝色塑料布，文平看着上面的物品，高兴地说。

塑料布上的数码摄像机，虽然被海水浸坏，但是摄影数据还有可能复原；小相框里面的照片，虽然颜色和人物轮廓已经模糊，但是大致可以看出是一个成年女性抱着一个婴孩，或许失主可以从服装特点辨认出来；外文书除了皮革封面，书页几乎全部遗失，但是在最后半页上钤有藏书印；另外两件陶器摆件，其中做成猫头鹰形状的破损了大约三分之一，做成猫形状的破损更严重，但是造型都很讲究，失主很可能认出来；舟作甚至还找到了刻着名字的钢笔和贴着名条的三角板。

这些东西，都是在那辆进口车和单厢车周围找到的。那里还有塑料碎片、木片、布条等，不过他没有带回来。

"哎，这回没碰到宝石首饰之类的?"

舟作摇了摇头，他没能找到那枚戒指。

稍事休息之后，舟作像往常一样开着小卡车去宾馆见珠井。途中，他在便利店宽敞的停车场内停下车，拿出一个运动包。这是从家里带出来的，之前一直放在车上。包里装着运动鞋、休闲裤和长袖保罗衫。舟作把凉鞋换成运动鞋，厚运动裤换成休闲裤，外套和运动衫换成保罗衫。

要是在文平跟前换，不知道他又会说些什么。珠井看到或许会有些惊讶，但估计不会多说。

舟作开着车，还没进宾馆停车场，就有些心跳加速了。车停好后，他坐在驾驶台前，先扭头看了一下咖啡厅。

窗户玻璃反光，里面看不太清。

他害怕又遇到透子。只要她坐在自己跟前，仿佛触手可及，便会心乱如麻，事后更是身心俱疲。

但是，想起她那摇摆于傲慢和忧郁间的神情，透过双唇可以窥见的雪白牙齿和桃红舌头，胸腰之间流动的诱人曲线以及小腿到脚踝的另一条曲线，胸中又似火煎一般。他忍不住希望，可以再次名正言顺地到她的近前，再多看一眼。

舟作做好心理准备，提着手提箱走进宾馆。向大堂边上的咖啡厅里扫了一眼，并没有透子的身影。一时，失望和安心交错，不知到底是什么滋味。

他来到电梯门前按下按钮，感觉背后有人。

"那个戒指，您是怎样处理的?"

舟作不敢回头，但又忍不住想回头。

透子身着藏青色的连衣裙，围着披肩，头发松松地扎住垂放在肩。记得第一次见时，她的头发利落地全部盘在脑后，第二次见时，长长地舒展下来。这次和前两次都不同。

"您没有去找那枚戒指吧?"

她伸手去按另一部电梯的按钮，自说自话一般问道。

舟作的喉咙似乎堵住了，只能点了点头。

"我还在上次那家宾馆等您。"

电梯门开了，她并不进去，转身向大堂走去。

舟作同往常一样和珠井见了面。

打捞物件递过去后，珠井的反应和文平一样，也很欢喜。舟作也从心底里高兴。但要不要跟他讲透子的事情? 一旦讲了，他肯定会警告透子。但这话又该怎么说? 毕竟，透子并未要求潜水员为自己找寻什么。"您这次下潜的地点，我记得八月潜过一次吧。后面的单厢车和养老院的名字，我都还有印象啊。"

两人看着照片，珠井突然问道。

舟作心里一阵翻滚：他是在怀疑我和透子吗？开始不安起来。

"文平叔说捕鱼的时候，有些地方网撒下去虽然没鱼，但周围很可能是灯下黑。我们也是碰了碰运气……"

"原来如此。看来经验丰富的渔夫，对这种东西的直觉也很灵敏啊。"

珠井心悦诚服地赞叹道。舟作擦了擦额头的汗珠。

道别后，舟作驱车去了透子说的那个宾馆。他的心里别无选择。

将小卡车停在地下停车场后，舟作进到宾馆。跟上次一样，前台接待坐在柜台内，正翻阅赌马报纸，对他不闻不问。或许是没注意到，又或许是装作没看见。

咖啡厅前部坐着一个穿西装的中年男子，身材消瘦，在看体育报纸。看样子是来这边出差却又没什么干劲，躲过来磨洋工了。

透子还是坐在老地方，桌上放着一杯冰咖啡，脸朝着窗外，似乎在看什么。秀发遮住了脸颊，从后面看不见她的神情。不过两肩松弛，姿势没有上次紧张，整个人看上去与那些为生活奔波所累、抽空来此小憩的一般家庭主妇或公司女职员，并无太大不同。

舟作走了过去。她脸色苍白，仿佛随时都会哭出来一般，眼神迷茫地看着远处。

似乎注意到了舟作，透子端正神情，抬起肩膀，挺直身板，然后才转过身。待他坐下，她若无其事地微笑着点头致意：

"您在海上辛苦了。这次劳您专程过来，非常感谢。"

说话的口气已经认定舟作就是潜水员了。

到了这地步，再否认已经不合适了。但舟作并不开口，只听她接下来怎么说。

"您按我说的，没有去找那戒指吧？"

这装腔作势的说话方式让舟作听了便来气，但他却又不知道自己在气什么。若是她让自己去找了倒还有话说；她明明白白让自己不要去找，自己却着了魔一般去了。要生气，也得冲自己。回头一想，又觉得还是因为透子说了些莫名其妙的话自己才去的，所以还是她不对。舟作脑子里一团麻，以至于一句通顺的话也说不出来。

上次那个身材略胖的女店员又露出客套的笑容，问舟作点什么。他点了一杯热咖啡，但估计端上来的也是提前烧好、泡乏了的咖啡吧。

赤褐色的桌面上布满裂纹，仿佛树皮一般。看着看着，舟作越来越觉得眼熟，忽然灵光一现：啊，珊瑚化石！

意识到透子正看着自己，心想总得说些什么，一阵焦躁后他问：

"……你挖过化石吗？"

抛出这个话题，舟作自己也错愕不已，竟把脑子里想的事情就这么说出来了。

"您说化石？菊石之类的化石吗？"

透子接了话茬，又问回来，舟作便不得不接着说了下去：

"我小的时候，常去老家的山里挖化石，挖到过很久以前的生物的化石。"

"很久以前，大概是什么时期？您知道吗？"

两人终于可以正常聊天，她似乎放松了不少。

"古生代。那时候，恐龙都还没有出现。"

"您挖到了那么早的生物的化石？在您老家的山里？"

"嗯。我们一班人，谁都不敢相信那里以前是海底。"

"常听人说在高山上发现海里的东西，我也觉得很不可思议呢。"

"我们当时说，或许很多年以后，这里又会沉到海里去。没想到三十年后，虽然山里没有，但是老家的大部分都沉了。"

透子屏息不语。

舟作猛然后悔：自己想说的不是这个。但透子的眼神似乎有魔力一般，他转换话题又接着说起来：

"昨天晚上，哦，按时间应该说是今天，我去那片海里打捞了。"

承认了！这便算是彻底暴露了身份，不过到了现在，也无所谓。

"潜水时，我想起了小时候的事情。我潜到海底，发现一些小山丘，就像老家山里的那些，一个接一个，连绵不断。看着它们，突然就回想起当年挖化石时，我说了一半的话。"

店员端上咖啡后，便立即转身离开了。舟作直起不知什么时候前屈的身子，端起杯子喝了一口咖啡。咖啡味道寡淡。

"您回想起了什么？"

透子追问道。舟作讶异地望着她。

"您刚才说的，当年挖化石时，说了一半的话……"

"我和人家说话时，常常还没等人家开口就大概知道对方会回答什么，于是干脆不说了。那次也是一样。大家说，将来这座山可能又会沉到海里去，我就说，那反过来……"

还是觉得愚蠢，和当年一样，舟作又就此打住了。

"您说了什么？您当时想说的是什么？"

透子催促着。

一时觉得脑袋有些发热，舟作伸手挠了挠发痒的头皮。

"我就想，既然有可能又沉到海里去，那在很多很多年以后，是不是也有可能又变成山？到那时候，人们是不是也会在山里面挖出我们的骨头、房子、船，或者电视机、车、冰箱等东西的化石来？"

透子沉默不语，静静地看着他。这沉默，又催着他接着说了下去。

"当时，怕被哥哥和伙伴们笑话，所以就没说出来。今天潜水的时候，又想起这些话来了……想着很多很多年后，这片海底变成山隆出水面时，人们是不是也会找出沉睡在泥沙下面的化石来。"

透子的眼睛一眨不眨，盯着他，突然有了泪光。裹在身上冷冰冰的保护壳此刻仿佛全部消解，她变得毫无防备，身子一震，差点从椅子上跌了下来。

舟作毫不迟疑，伸手扶住了她的肩。隔着连衣裙，仍然能感受到她温暖、柔软而有弹性的肌肤。

这时，咖啡厅门口传来吵闹声。男女一共六人，身着旅行装，说着外语走过来，占了旁边的两张桌子，就着地图开始商议起来。咖啡厅本就不大，他们说话声音一大，舟作甚至听不清透子在说什么。

透子猛地站起身，推开他的手走出咖啡厅。但包留在了椅子上，或许只是去了洗手间吧。不一会儿，她回到桌前，拿起包，将手里钥匙上的房间号给舟作看，说道：

"我订了一个房间。您喝完咖啡后，可以过来吗?"

话罢，拿起茶水单又出去了。

女店员给新来的客人端水，六个人齐声跟她搭话，也不知是点单还是提问。她一时应接不暇，忙说"请等一下"。双方的声音于是更大了。

舟作又喝了口咖啡，想平复一下心情。

咖啡只如温水，一点味道也没有。

6

敲门没有应答，但不到三秒，门便开了。

透子侧过身引着舟作进了房间。

右手边有一扇门，想必里面是浴室和卫生间。走过一段短廊后，只见狭小的房间里塞着两张单人床。一个橱柜几乎贴住床尾，上面放着电视机。橱柜亦作书桌用，前面放着一张椅子。

透子打开窗户透气，但窗外紧邻隔壁楼房的混凝土墙，看着令人更觉得沉闷。不过，这对舟作来说算不了什么。以前出

海捕鱼的时候，他经常睡在操舵室前的小隔间里。小隔间狭窄
到令人几乎直不起腰来，他每次睡觉都得把身体斜插进去。

"实在抱歉，本来应该约您去外面，但今天实在没有办
法，不得已把您叫到这种地方来。"

透子低头致歉，将橱柜前的椅子搬到舟作的跟前。

"椅子只有一把，我就坐在这边的床上吧。濑奈先生，您
坐椅子可以吗？"

她的声音没有一点造作，听上去就像跟关系亲近的熟人在
说话一样。

舟作点了点头，坐在了椅子上。

透子捂住心口深呼吸，努力使自己平静下来。她按住裙
摆，斜拢着双腿坐到床上，仪态端庄。

"万一被您的朋友看到我们这样见面，肯定会生出不必要
的误会。实在是给您添麻烦了。"

透子的措辞十分小心，努力不让对方往男女之事上联想。
但孤男寡女共处幽室，室内有床，确实惹人遐想。而且连衣裙
的褶皱、斜拢的双腿无不衬托出她美好的曲线，令人难以
忽视。

自从在那片海里潜水以来，舟作对肉体的渴求就异于往常，要是一直这么等着她说话，他担心自己很可能要按捺不住，于是转头看着窗外。

"你干吗让我别去找？你是故意说反话引我上钩，以为这样反而可以挑起我的兴趣吗？"

他故作严厉，想拉开和她的距离。

"不，完全没有这个意思。但您说得对，我的话很容易引起误会。难道您去找了那个戒指吗？"

透子待会儿要去见珠井，到时只要看了照片，就会知道这次的潜水地点。

"我只是去了开船的渔夫指定的地点而已。"

"您为什么要答应为我们去潜水呢？会员们感激珠井先生提出并实现了这个计划，去跟他道谢，他说要不是找到了愿意帮忙的潜水员，自己的计划不过是画饼而已，正是对方的诚实，才使得计划能够付诸实施。我想您不是为了钱。您是因为同情那个小镇上的人才答应的吗，还是因为您也在那次灾难中失去了亲人？"

两个理由都是。跟妻子商量的时候，跟文平和珠井说的时候，都是这样说的。这之外的理由，舟作也说不清楚，就没有开口。

之前入住房间的，应该是来这出差的男性。房间里隐约留着一股中年男性的汗臭味和烟味，通气后还没有完全散去。但即使是在这样的房间里，微风还是送过来一丝高级香水的味道。

透子双手交叠于膝，腰杆挺直，胸部亦随之隆起，盈盈一握的腰间生出淡淡的阴影。面对舟作，她不似以前那样高冷，虽仍有一丝紧张，但更多的是温和亲切、有礼有节。

此时只消伸手，舟作就可以搂住她。但她的全身，都传递出不可以再接近的信号。舟作也觉得再向前一步即是罪过，这份罪恶感勉强管束着他的身体。

他诚实地回答道："我不知道。说实话，我本来想或许可以找到答案……但是在答案之前，我连问题本身是什么也不是很清楚。"

舟作不知道自己的话对方能不能理解，但是非常希望她可以理解。他心下焦急，不住地挠头。

"比方说，小孩子问天上为什么会下雨，大人可以回答说是因为海水蒸发到了空中变成云，然后又变成水滴落了下来。但没有提问，就谈不上答案。我也不知道自己要问的是什么。只是听珠井先生说通过去那片海里潜水来打捞镇上人们的遗物时，隐约觉得或许可以找到答案。或许……"

看着眼前的女人，他不知道该怎么说下去，只想上前搂住她。

心底有个声音在不住地挑唆：扑上去，就这么趁势将她按倒在床。这个女人在引诱你，她特意带你到这个房间里来。这是城里女人的套路，你是个乡巴佬，所以才看不明白。

舟作从椅子上站了起来，透子见状将手臂护在了胸前，眼神惊恐不已。但，这还是难掩她的美貌。舟作看着她，似乎此时她已然裸体，仿佛裸体的纤弱而又孤独的生物。只要暴力相向，她立刻就会被扑倒、劫掠，乃至冲荡而最终消失。

正因为如此，她的美甚至显得高贵。舟作想要守护这份高贵，这份勇敢却也纤弱的高贵。比起化石生成的悠久，人的生命的光辉只如白驹过隙。正因为如此，才更要静静地守护。

他靠近透子。透子将双腿并得更紧，膝盖向身体内侧收去，拼命守着最后的防线。

"为什么？"舟作注视着透子轻颤的眸子问道，"你为什么出现在这里……像你这样的人，为什么会跟我这种人一起待在这样的房间里？这简直不可能。你就这样坐在我面前，看着我……"

他伸出手去，透子吓得身体僵直，一动也不能动。她微微泛红的脸颊近在咫尺，舟作停住了手，但指尖已经可以感觉到她的体温了。

"要不是出那样的事，这绝不可能。但是海啸来了，一切都变了。很多人装作没有变，还是照老样子生活……但是，一切都变了！要不然，你现在绝对不可能会和我一起待在这个房间里。"

好想碰一碰这张脸。他焦灼难耐，可又害怕一旦真的碰到，自己就会失去理智。他一点点后退，半步、一步，直至撞到身后的椅子。他将椅子转了过来，用椅背将自己和透子隔开。

"为什么会出那样的事情？为什么只有我活了下来？为什么那边的小镇被毁了，这边的小镇却完好无损？这是谁决定的，又是根据什么决定的？你为什么非得到这里来，在这样的房间里，不惜只身犯险和我见面？为什么明明已经变了，大家却装作什么都没发生，还是照原样活着？我们这些人，永远都活在失去至亲至爱的痛苦里，那些人为什么就是不能明白？为什么明明这么不公平，我们还要咬着牙活下去？我不明白，我什么都不明白！所以我才答应去潜水，也不能不答应。但现在，还是一无所获……"

他只觉双腿发软，扶住椅背，勉强支撑着蹲了下去。

一阵呜咽声传了过来。

舟作抬头去看，只见透子正掩面哭泣，转而又用双手按住胸口，仿佛祈祷一般仰头望天，努力平复自己的情绪。"我是这个镇上的人，想做设计师才去了东京。本来想做服装设计师，但后来发现自己在饰品上更有天赋。经过一段时间的训练，我渐渐学了一些手艺，也结识了一批手艺精湛的工匠，设计风格因此更加多元化。我把神话中的精神元素以及草木、鸟儿嬉戏的自然元素融入作品里，做一些精细的设计。渐渐地，一些朋友开始在他们的店里展卖我的作品。后来原宿时尚大厦的楼层经理，也就是我后来的丈夫，也来跟我说想在他们店里展卖我的作品。我们交往两年，然后结了婚。结婚戒指，他说让我来做。我们很喜欢印度文化，新婚旅行去的也是那，因此设计的时候，我参考了印度神话，做了象征和平的世界和象征永不分离的一男一女的造型。两个戒指放在一起，两个小人正好拥抱在一起。"

舟作背靠着墙，伸长腿席地而坐，继续听她说话。椅子仍旧放在两人之间。

"我记得跟您讲过，我婆婆患了老年痴呆症后住进了当地的养老院。本来是打算接过来一起住的，但是我们两个人都有工作分不开身照顾，东京合适的养老院又没有空。老人家说在老家有朋友和熟人，语言上也方便，当地的更好，所以就近给她找了一家。之后，他每个月回去探望两次。我们当时准备要孩子的，因为这事就往后推了，想着安定下来再说。这过程中，他想把工作辞了回老家去。我想好不容易在东京发展得这么好，回老家太可惜了，自己也想把设计做得更好，而且将来孩子在哪受教育，也是一个不得不考虑的问题。因此，我们有些小争吵。没等完全和好，他就回了老家，然后，再也没有回来……"

透子似乎渐渐平复过来了，恢复到之前的坐姿，一直看着

左手无名指上的戒指说话。话一说完，又立即轻轻拢上右手，
遮住了戒指。

"有人向我求婚了。"

她的语调渐趋平缓，似乎在努力控制着情绪。

"他是我丈夫大学时的好朋友，八年前妻子因为癌症去世
了。或许比起其他人，他更能够理解失去伴侣的悲痛，所以在
我丈夫失踪之后，一直在旁边支持我。他对我的心意，我很早
就明白，但我们一直没有进一步的发展。若是确定我丈夫已经
死了，他可能早就向我求婚，而我也早就答应了；但是，我丈
夫一直生不见人，死不见尸。父母劝我差不多该放弃了；丈夫
的亲戚也劝我早做决断，开始新的生活，说一直像现在这样把
丈夫当作失踪状态，连葬礼都办不了，还不如早点办死亡手
续；朋友们也说了很多。然而，我做不到。他是很坚强的人，
我总想着他还活着，总有一天会回来。或许他现在只是伤了
头，失了记忆，回不来而已。而且，那次吵架之后我们还没和
解，这个疙瘩也一直在我心里。只有那个人，什么都不说，只
是静静地陪在我身边，耐心地等着我下定决心。但是，海啸四
周年的时候，他说再等一年，要是还没有音信，就把我丈夫的

葬礼办了。可能是觉得这么干等对我也不好吧。他也没有孩子，所以希望和我组建新的家庭生养孩子，开始新的生活。他说我们都是没了未来的人，应该更能切身理解重建生活的重要性。我今年三十五岁，作为女人，还是想要孩子。自己也知道时间有限，但因此就要把丈夫的葬礼办了吗？现在还没有确凿的证据可以证明他已经死了，就这样放弃，真的可以吗……"

可能是口渴了，透子咳了几声，到嘴边的"我还是下不了决心"没有说出来。

舟作站起身，将椅子朝旁边挪了挪，打开橱柜的门。里面有个简易冰箱，放着两瓶矿泉水和一张字条：罐装啤酒请到一楼大厅自动贩卖机处购买。他拿出矿泉水，在洗脸台找到杯子，倒好水后递给了透子。

"谢谢。"

咳嗽还没停，她接过水喝了一口。

舟作将还剩半瓶的矿泉水放在橱柜上，依旧走到椅子后面，坐在地上继续听她说话。

又喝了口水，透子接着说：

"后来，我通过丈夫以前的学校的老师知道了珠井先生的

计划。这位老师也是那个镇上的人，听说我不能接受丈夫的死
后，告诉了我这个秘密。我当时便决心入会，通过他好不容易
才跟珠井先生取得联系。珠井先生为人极为慎重，最开始对这
个计划讳莫如深，我们前后共见了四次，差不多相当于入会的
面试。他向我说明了保密原则、一切运转由他全权代理等规
定，并且再三确认了一点：打捞上来的东西，绝大多数是别人
的，自己想找的很少，即使如此，也要支付高额的会费，是否
同意。那位老师提醒我这可能是个骗局，珠井先生也一本正经
地说自己可能是个骗子，完全可以随便拿些东西丢到附近的海
里，然后捞起来给我们。听说有些人听了这话便作罢了，但我
一点都没有迟疑，当即就要求入会。我不想错过这样难得的机
会，但是……"

透子眼神发滞，似乎在凝视着自己的内心。

"但是我到底想找什么，想从那片海下面找什么呢？我不
清楚。难道是要找丈夫的遗物来证明他的死吗？……不，不
是，不是这样的。我是想找到什么东西，证明他还活着……
嗯，对，是这样的。"

这恐怕不大现实，舟作在心里说道。

透子也接着说：

"不可能的，冷静下来想一想，想从海里找到什么东西来证明他还在世是不可能的。加入计划后，第一次看到潜水员从海里打捞起来的东西和拍来的照片，听完转述的海底情况后，我就知道自己的想法不现实。珠井先生给我们看照片时，大家都屏住了呼吸。海底的样子，太悲惨了，当时几乎所有的人都泪流满面，更有人放声大哭。这怎么可能是欺诈，这是痛彻心扉、地狱一般的现实啊！珠井先生自己，刚开始还很冷静，介绍到这些照片时，也泣不成声。"

舟作听透子说着，心里想：我也是，我也完全冷静不下来。不论怎样克制，声音还是禁不住会颤抖起来。向珠井描述海底的情况时，想到潜水时看到的凄惨场景，也不得不断断续续地说。心中在为逝者痛，也在责备自己的无能为力。

这也是他第一次了解到珠井是怎样跟会员们解说，会员们又是如何反应的。突然就有点明白了珠井：自己若是知道了会员们的反应，势必会更加同情他们，因而在海里太过拼命。珠井正是考虑到这一点，担心自己在海里出事，才三缄其口的。

"海底的照片和潜水员对海底的描述，一直压在我的心里。回家后过了很长时间，还会回想起来，喘不上气……"透子温柔地看向舟作，轻轻地问道，"您身体没事吧？精神上还好吗？我每次心里难受的时候，都很担心替我们下水打捞的潜水员。但是……这样的担心，不过是傲慢的自我满足罢了。嘴上说着担心，却不去阻止，反而请您继续去潜水。太虚伪了。"

她低下了头。

舟作不知道该怎么回答，点头不是，摇头也不是，只好也低下了头。

"我现在终于想通了，要想从那片海里找回我丈夫尚在人间的证物，是不可能的。一个人不见了踪影，所以从海底找点什么证明他还活着，这怎么可能呢？我本来想，什么都找不到，倒还有一丝希望。现在看来需要再好好想一想了，我到底期待从那片海里找到什么，我到底想要什么。换句话说，我是希望他活着……又或是……"

舟作看着透子，摇了摇头，示意不必再说下去。

透子眼眶湿润，虽朝着他，却没有看着他。

"又或是，希望他已经死了呢？"

舟作仰头靠在墙壁上，透子转过脸伸手揩去眼泪。

"有一次看到戒指的照片，我的心直跳。珠井先生说那是个玩具戒指，没有捞上来。贵金属不能打捞这条规则，确实执行得很严格。从那时起我就明白，我丈夫的戒指，即便找到了也不会被捞起来了。可以确实证明他的死亡的结婚戒指，即便找到了，也只能就那样留在海里，永远沉没在海里……要是这样，倒不如一开始就别去找。"

这时，窗外传来救护车的警笛声。舟作循声去看，透子也转过头去。警笛声在楼房之间回转、交叠、重复，仿佛幻听一般，直到被街道上的其他车和工地的声音盖过去。两人一直静静地听着。

警笛声完全消失后，透子轻舒了口气，又将脸转了过来。

"我现在照常工作，雇了一个文员和一个助手，开了一家工作室。除了首饰之外，也设计包和时尚小物品，安排工厂生产后，批发给零售店。从去年开始设计并推广结婚礼服上佩戴的新式首饰，反响还不错。作品还上了几次时尚杂志，也会有顾客特地来定制。可以说，工作上的事情还算顺心。但是……回到家，就只有自己一个人了。经常工作到很晚，回到一个人的家，吃一个人的饭；做饭嫌麻烦，就总在外面吃；后来连出去也嫌麻烦，就经常吃便利店的盒饭。家里安静得让人难受，我便打开电视机，也好有点声响。然后用微波炉把盒饭热了，一个人吃。有时候，盒饭也想不起要去热一下。"

舟作听着，不禁想起诗穗。麻由子出去玩时，诗穗也是这样一个人在家吃饭的吧。她之所以想再婚，怕也是想到将来女儿长大出门后，只剩自己孤独终老吧。

"这样的苦闷日复一日，不知怎么开解的时候，我加入了珠井先生的计划。加入后大约一个星期，他发来邮件说近期可能潜水。您不知道这对我是多么大的鼓舞。潜水三天前，又来邮件说当地的天气看起来不错，潜水可能性很大。我瞬间觉得有了力气。后来，又来邮件说潜水员已经答应明天潜水。我随即停下了所有的工作，等着消息，心里祈祷潜水员可以顺利潜水。当天晚上，邮件说潜水员正在去海上的路上。我立即收拾东西，准备出发。到了早上，说潜水结束，我便开车出门了。就是靠这每月一次的潜水，最近我才又觉得自己是活着的了。"

透子在公寓卧室里独自等着舟作潜水的消息的身影，与这时坐在床上的透子的身影重叠在一起。那时候，她等的是舟作，等着舟作下潜……潜她心中的那片海。

"不过真讽刺啊，这种时候，却也正是确认我丈夫生死的时候。然后，今年夏天，看到了。他的车的照片。我把照片给那个人也看了，照片上有我亲手缝的椅套，对方说这便是他已经去世的物证。或许确实如此，但我心里还是不能完全相信。照片并不是绝对的证据。我当时甚至怀疑，那个人是不是以为我其实希望自己的丈夫已经死了，所以才这么说的……我真是愚蠢。事实上，我也在心里问自己，难道就这么一个人活下去吗？只靠着工作和对丈夫的思念一个人活下去吗？我现在还可以生孩子……"

舟作感到透子身上散发出女性的娇媚。她并在一起的双腿微微松开，两膝之间的缝隙令人移不开目光。

再也没有人拥抱自己了吗？再也没有人激荡自己的身心，将自己从终极束缚中解放出来了吗？再也没有人告知自己超越生存的更高的快乐了吗？要这样，就这样，结束自己作为女人的一生吗？长夜漫漫，在只有一个人的房间里，寂寞与焦虑不时像风暴一样席卷透子的身心。这寂寞与焦虑似乎都飘到了舟作的鼻尖，他连忙将目光从她的腿上移开。

"我对那个人说，找到了戒指，丈夫的死才算确定，现在只找到了车，并不能完全证实。他听了，悲伤不已。找到戒指的可能性微乎其微，这一点他和我都明白。即便如此，我还是将这作为和他再婚的条件。他答应了，但说只等到五周年，也就是明年三月，再久便不能等了。他说这是为我们彼此都好。因此，若是戒指找到了，我便办理丈夫的死亡手续，然后考虑再婚；若是没找到，只好跟最理解我的那个人分手，放弃生孩子的想法，一个人活下去……就是带着这些犹疑，我等在那家酒店的大厅。我最早问珠井先生能不能和潜水员说话的时候，其实心里并不清楚自己到底想要什么，即使确认您就是潜水员之后也不清楚。迷迷糊糊之中，'不要找'和'戒指'这两个词，就说出口了。这是萦绕在我心头的两个意念，说出来后重合在了一起。我自己也觉得困惑，两种完全相反的意念怎么就重合在了一起。但也顾不上困惑，就无理地要求您不要去找戒指，不好意思给您添了这么多麻烦。"

舟作站了起来，他无法再克制自己，一把椅子已经阻挡不了他对透子的欲望。有一个男人跟她求婚，也就是说会有一个男人把她搂在怀里，那是不是意味着自己也可以将这具肉体拥抱入怀？她的存在变得更鲜活了。

之前他想将她粗暴地压倒在床，现在却只想轻轻地抱住她，不焦躁也不慌张，以自己的所有来抚慰她。舟作觉得很危险，自己似乎就要沉湎其中。

离着四五步就是门口，此时却显得那么遥远，就像从海底浮起时一样。他握住了门把手，就像浮起时抓住梯子一样。终于，门开了。背后传来透子小声叫他的声音，濑奈先生……

舟作鼓足力气冲到走廊，关上了门。

舟作把钱转交给文平后，开着小卡车回到自家所在的小镇，叫出满惠，像往常一样去情侣宾馆云雨了一番。

满惠应该也觉察到了异常，但什么都没有说。

舟作温柔地脱去她的衣服，安抚她的全身，亲吻她的嘴唇，饱含爱意地打开她的身体，努力让她感受到自己的爱。两人确实地合为一体，凭借重重的、热烈的冲击令对方感受到自己鲜活的存在。

满惠不停地叫着舟作的名字。

舟作只是深情地搂着她，什么也没说。

他怕自己说出来的，不是妻子的名字。

第三部

1

"古时候，人们把十月叫作'神无月^①'，意思是没有神的月。那么相应地，是不是也有'神有月'呢？"

似在远处的讨论，听着令人觉得不可思议。

月，是指月份（month），还是月亮（moon）呢？要是月亮的话，那里既没有神明也没有生物可以栖息的环境。不对，神明并不是生物，与环境什么的没有关系吧。以前不知在哪里听说过，古时候的人们认为神明住在月亮上，所以崇拜月亮。但还是不对……本来就没有什么神明，又何来神明的居所？

濑奈先生……

———————————

① 神无月，日本对阴历十月的别称。

透子小声叫自己的声音又浮现在脑海里。

那之后，舟作多次试想，要是当时回了头会如何？透子又是为何叫了自己？那时候要是回了头，自己肯定会失控吧——忍不住伸出右手抚摸她的脸，手滑进她松散盘起的头发里，箍住她的头，吸吮她的唇；左手将她的后背稳稳搂进怀里，和她一起倒在床上，趁着这个劲头，粗壮的膝盖闯入她美丽的双腿间。缠绵中，将透子身体深处散发出的自然体香深深吸入肺底，在这女性才有的浓烈气味中忘却自我，沉湎于罪恶中去。

至少在那一瞬间，透子也会忘却自我吧。两人共处一室，相对良久，从她呼唤自己的声音与气息中，舟作深刻感觉到了这一点。

独木难支的身体，哪怕只是顷刻，也希望依偎在强壮的胸怀里；因寂寞而冷凝的心扉，也希望有一双爱抚的手温柔地将它打开；因当初羞恼的哭诉而打开的空虚的小屋，也希望有一个温暖的存在宽容地将其充满。透子或许在意识到这些之前，便开口叫了自己。

"濑奈先生……濑奈先生！"

听见似乎有人在叫自己，舟作循声望去。

穿着干式潜水服的小都拿着还在滴水的调节器，正看着自己。一旁的拓哉，潜水服脱到腰间，两手各拿一双蛙鞋，也正讶异地看着自己。

器材店的后面，并排放着两个水槽和一个大桶，三人正在清洗学员们用过的器材。

"啊……我想应该没有吧。"

他回答了一声，又低头接着洗手里的浮力调节背心。

"您说什么没有?"

小都问道，声音清晰悦耳。

"'神有月'，没有。"

他粗暴地刷着，洗去海水，仿佛这样就能把透子从脑海里拂去一般。

"真遗憾，正确答案是有。"

"欸，你没诓我吧?"

拓哉在一旁问。

"神无月，是说这时候日本所有的神明都去了出云——也就是我的家乡集会，其他地方都没有神明了。相反，我的家乡却是神明最多的时候。因此，我们把农历十月叫作神有月。"

"是吗？我还是头一次听说。"

"濑奈先生，您听说过吗？"

"啊……没有。"

舟作稍稍侧了一下头，可以感觉到旁边小都的视线。

这时，器材店里传来门屋叫拓哉的声音。拓哉应了一声，将蛙鞋放在桶里，向店内跑了过去，留下小都在水槽里漂洗调节器。

"这样穿着真不方便，濑奈先生，能帮我把后面的拉链拉开吗？"

小都放下调节器，转身背对舟作，两手把扎成马尾的头发拢了起来。舟作看着她因为游泳而紧实优美的背部腰线，发际线处闪着金色微光的绒毛，拉开了潜水服的拉链。小都从束缚中解放出来，舒了一口气，听起来仿佛喘息一般。

舟作回到水槽边，将浮力调节背心从水里捞起，按下排气按钮，把空气排了出来。同时，小都伸手把上半身的潜水服从头顶脱了下来。比基尼包裹下的丰满胸部，微微颤动着。

"濑奈先生，您今天晚上有时间吗？"

她转过身问舟作，仿佛特意要从正面把身体展示给他一般。

　　舟作看也不是，不看也不是，只好直起身，正面对着她。小都水灵灵的肌肤健康而有活力，丰满的胸部凸显出女性的魅力。但被人从正面这样看着，她似乎又有些不好意思，立刻又低下了眉目。小都本来性格内敛，这样大胆引诱男人的举动于她格格不入，或许是再三鼓足了勇气才与舟作正面相对的吧。

　　"拓哉约我今天去吃饭，您要不也一起去？"

　　"谢谢啦，我就算了。"

　　"您有其他的事吗？您要是也在，就好了……"

　　"为什么？"

　　"……拓哉，好像有什么重要的事情要说。"

　　"那你听他说不就得了。"

　　小都不知如何往下接话，想说的话哽在喉间，时而搓一搓手，时而碰一碰膝。

　　这时，舟作突然感觉有些异样，类似晕眩。

　　他立即伸手按住小都的肩，把她往下拉。两人一起蹲了下来，彼此的脸，近在咫尺。

　　小都轻呼一声，讶异不已，转而却期待地将手放在了舟作的胸上。

"你蹲着别动！"

舟作伸手遮住小都和自己的头部，然后看了看四周。水槽安在楼房后部，四周没有可能落下来或倒下来的东西。背后是带塑料遮檐的潜水服晾衣竿以及一张桌子，附近没人，倒了也没事，而且即使砸到人，也不会致伤。水罐也牢牢安装在防止滚落的铁轨上。

"咦，你们这是在干什么？"

耳畔传来拓哉不安的声音。一回到水槽边，就看见两个人拥抱一般蹲在地上，他瞪大了眼睛。

"地在晃，快蹲下！"

舟作厉声喊道。

"啊，地震吗？真的吗？我怎么什么都感觉不到？"

"啊，这样啊。那……"

小都埋头将手拿开。

舟作也不确定是不是错觉，但他知道这样做至少不是错的。稍待片刻，拓哉坐在地上说没感觉到什么，小都也小声赞同。

似乎不会有更剧烈的摇动，舟作这才放开小都，站起身向店里走去。门屋正在货架前清点冬季冲浪板用的防护蜡库存，看见他走进来，一脸茫然。

"地震了，快开电视。"

"你唬谁，完全没动静嘛！"

舟作走到后面的办公室，打开了放在角落里的电视机，调到转播地震速报的频道。屏幕上是满山的红叶，娱乐明星和播报员正悠闲地赞叹漂亮。

门屋赶过来说道："你看吧，哪里地震了？"

话音刚落，信号音响起，屏幕上方随即出现一则速报：东北某县发生地震。速报字条接连滚动，又过了一会儿，电视节目便切换成了地震报道。震源在东北内陆，烈度为四，没有海啸。

接着是周边各地的报道，器材店所在地区烈度为二。

这时舟作的电话响了，是满惠打来的。今天这个时候，她应该和孩子们在家。

"地震了。"

"嗯。"

"我这边没事，你那边呢?"

"也没事。孩子们呢?"

"在玩大富翁，好像没有注意到摇晃。"

互相叮嘱要小心之后，两人挂了电话。

门屋惊讶得合不拢嘴，呆望着舟作，似乎想说什么，又摇了摇头，转身回了柜台。

与透子见面后的隔周周二，进入阴历十一月。若是天气晴好，半月将于夜里十一点升空，出海时间虽要晚一些，也不至于不能潜水。可惜，当天从早上就一直下雨，不得不作罢。

接下来的一周，月亮更小，且白天就落下了，连出海的可能性都无从谈起。

这天，舟作一家与往常一样就寝。天还未亮，舟作尚在梦中，忽然感到身体微微摇晃。立时惊觉，他从床上弹了起来。

为防万一，家里总点着常夜灯。灯光下，隔着中间的两个孩子，睡在另一侧的满惠也起了身。

两人习惯性地看了看天花板，电灯并没有晃动，再看了看墙角放着的花盆。花盆里栽着石柑子，每有摇晃，可通过观察它的叶子来确认是不是错觉。此时，叶片有些颤动。舟作递了个眼色，随即将睡在自己身旁的晓生罩在身下。另一侧，满惠也同样将水希罩在了身下。摇晃越来越剧烈，窗框开始发出咔嗒咔嗒的声音，电灯也开始晃动起来。

公寓只有两层，四人所在的房间在第二层的中央，窗户已经张贴防玻璃散落的罩布，天花板上的电灯用链条加固过不会掉下来。衣柜等家具都牢牢加固过，且安置在安全位置，即便倒下，也不会压到人。

舟作感觉此次地震烈度为四。

孩子们依旧在熟睡中。夫妻俩眼神相交，无须言语，彼此已然心领神会：只要烈度再大一级，摇晃更加剧烈，便立即叫醒孩子去避难。被子边放着的塑料包伸手即可拿到，里面装着一家人紧急避难时备穿的鞋子。

为防门框和窗框扭曲之后逃生无路，舟作将晓生托给满惠，起身打开窗户锁，将窗开到可供人通过的大小，顾不上随即灌进来的冷风，又立刻回到晓生身边，防备更剧烈的摇晃。

摇晃渐渐安定下来。为防余震，他起身将房门也打开了。

满惠守着两个孩子，拿起遥控器打开了隔壁房间的电视机。为了保证地震时可以立即收看速报，每天睡觉前，她特地将遥控器放在枕边，频道也是事先调好的。

震源在北边邻县的内陆地区，烈度为五。舟作家所在地区的烈度果然为四，所幸没有海啸。

过了些时候，天花板的电灯不再摇晃，石柑子的叶片也停止了颤动。又等了一会儿，没有发生余震。

舟作这才起身关好门窗，回来睡觉。一撇头，发现满惠保护孩子的姿势没变，眼睛正注视着电视确认最新情况。在电视机光线的映衬下，她脸色青白，仿佛面对天敌奋力保护幼崽的母兽一般。

注意到站在身旁的舟作，她转头用目光问怎么了。

舟作回了一个没事的眼神，又睡下了。

四年零八个月前的那次灾难后，两人一次又一次防备地震，已经形成了习惯。舟作伸出手接过遥控器。紧张的满惠终于松了口气，依偎在两个孩子身边渐渐入睡。他把电视调成静音，闭上眼睛，但没有放松警惕。

两人约定，碰到这种情况要交替休息。一个半小时后，满惠会醒来接班。再过一个半小时，若一切正常，就同时休息；若已经天亮，则同时起床。

一家人的生活，每每如斯。

舟作睁开眼睛看着身旁熟睡的三人，水希不知道什么时候去了另一侧，两个孩子将母亲夹在了中间。

阴历十一月的第三个周二，晚上九点后月亮便落下了，仍无法出海。翌日是器材店的休息日，大家为拓哉开了送别会。

入秋之后，来店的客人越来越少；潜水教室也只在周末两天开课，学生也没有几个。比起教授潜水，舟作更多的是开着游艇带客人去钓鱼。同样地，在潜水教室做助手的小都和拓哉也闲了下来，虽然帮着店里卖器材，工资还是相应变少了。门屋作为老板，似乎对这样的现实也别无他法。

工资太少，上周拓哉提出了辞职，理由是"空闲时间太多，无事可做"。潜水教室开课至今，已经有几个人先后辞职，小都已经送过两个人了。作为过来人，门屋和舟作也可以理解年轻人的心情。

送别会上，拓哉喝得酩酊大醉，挂在门屋的肩膀上，一遍又一遍地说："黄金周前，店里肯定需要我，到时候绝对回来！"还再三对舟作宣告说："等我考了教练员资格，绝对是比您更有能耐的潜水员。"

门屋在旁打趣："好，好，到时候请你当正教练。"

拓哉接过话茬，嚷道："一定哦，就这么说好了。"话语间时不时瞥一眼小都。

舟作在一旁，都看在了眼里。

"拓哉辞职的真正原因，是小都拒绝了他。"

送别会后，门屋拉着舟作又去喝了一点。两人穿着羽绒服，拿着手提灯，在器材店附近的沙滩上坐下。门屋往铝杯里倒上威士忌，再兑些保温壶里的热水。热酒入腹，两人吐出白色的气息。海上漆黑一片，只闻涛声阵阵。月亮早已落下，唯留群星璀璨。

"拓哉很早之前就在追她，但她一直没有答应。上个月月末，那小子孤注一掷，开口约她去八重山那边的岛上一起工作，被拒绝得干干脆脆。不过真正的理由啊，都是因为你。"

"我？"

"拓哉这前前后后的，你还看不出来吗？之前走的两个人，辞职的最大原因也是小都。他们表白被拒绝了，觉得不好意思再待下去。小都这姑娘长得可爱，胸大，游泳练出来的身材健康苗条，性格也好，追她的小伙子得有一大车，但她愣是一个都看不上。要说她，去哪都能找到工作，可是不管工资多少，就是甘心待在我这里。为什么？她呀，喜欢上你了。人家小姑娘的心情，你不会不知道吧？"

舟作不作声，听着涛声。海岸边的路灯下，隐隐可以看到涌过来的浪头，再往外便什么都看不见了。

"她不是有男朋友吗？"

他还是听着涛声。

"没有固定的。最喜欢的男人有了家室，一个人又太寂寞，便随便找个，好聚好散的那种。店里的同事不方便，也怕你看不上对方反而嫌弃她的品位。说到底，不管和谁在一起，她心里都想着你，所以最后还是要分手。这连着好几次了。"

"你知道的可真多。"

"前段时间，我也试探了一下。"

"喂！"

"人家小姑娘看着太孤单了，我也就问问又算什么。作为流淌着法国贵族血脉的现代版唐璜……"

"流淌着乡下渔夫血脉的变态大叔还差不多。"

门屋的妻子比他大两岁，两个女儿分别读初一和小五。他经常埋怨，说在家里总是受一群女人的气。但也就是嘴上说说，实际上并没有做什么越轨的事情。

"小都是我们店里的麦当娜啊。有时候我约她去吃饭，想给她鼓鼓劲，可是她喝点酒就哭得稀里哗啦，从头到尾尽说你的事。"

北风吹拂，涛声高起。浪头向沙滩涌来，携着厚厚的白泡，沿着海岸线长长地铺成一线。

每次潜水，小都总在舟作身前翻转轻盈的身体，时不时佯作求助依靠过来，有几次甚至将丰满的胸部贴到他的手腕和后背上。要说舟作完全没有察觉她的心意，那是说谎。并且在送别拓哉之前的员工时，她已经表明了心意。那晚，她装作醉倒，流露出以身相许的眼神，似乎只要舟作出言相邀，哪里都会跟着走了。以她平时严谨的性格，如果他有心，真能秘密交往上一段时间。

"你怎么了，喝醉了吗？"所以当时舟作开玩笑搪塞过去，把她送上了出租车。回头再想，这也并不完全是怕背叛了满惠（当然，这是很重要的一个原因），真正束缚舟作的是亲人已逝、自己独活的愧疚。若是放纵了自己，如何去面对死去的双亲、兄长以及亲朋好友？罪恶感只会越来越重，罪恶感不允许舟作放纵欲望，他也无法承担那高涨的罪恶感。

"你就答应一下，又怎么呢？哪怕一次，圆了她的梦，她不就想通了？"

门屋的语气随意却真挚。

舟作一口饮尽杯中的热酒，回答"不成"，又将杯子递给门屋，要他倒酒。

门屋倒上酒，掺好热水，问为什么。

"有了第一次，就会有第二次、第三次，没完没了。"

热酒入腹，齿龈留香，回味却苦。

"不是说我，说的是对方。女人一旦和我睡一次，就会想要第二次。说起来，我的家伙不大，比你小多了吧，但我每次都诚心诚意。这就像潜水，先轻轻地触碰，再缓缓地进入，要稳稳当当。就当对方是海浪，要一边确认流向一边往深处去。等确认好对方的特点和喜好之后，慎重但要有力地潜下去。等到抓准深处涌动的暗流之后，就不需要再犹豫，朝着她自己都不知道的那个点一个劲儿猛潜过去，找到谁都没有触碰过的宝藏。这样一来，对方就非我不欢了。年轻的小女孩更是如此，完全是我盘中餐，任由我摆布。"

一时，门屋像失了魂一样，沉默不语。

舟作再也忍不住，张开嘴哈哈大笑起来。

"你要我，混蛋!"

门屋骂了一句，给了他背上一拳。

"别，别，酒都洒了。"

他越发大笑起来，接着说道：

"门屋，有件事情要拜托你。"

"老子不干，谁他妈听你瞎扯!"

"我要是有个三长两短，家里那几口子，你给费费心。"

舟作没有告诉门屋自己在那片海潜水的事，要是说了，肯定会被阻止。现在这句话没头没尾，料想门屋会以为自己说的是店里的事。毕竟在海上，不论哪里都保证不了百分百的安全。

"就这海里扎几个猛子你吓唬谁？咱不是亲戚嘛，这还要你说？"

"你把满惠介绍给了我，倒也给小都找个好人家啊。"

门屋直摇头，往自己的铝杯里倒足了威士忌和热水。

"找不到喽！之前跟你也说过，现代人都幼稚，年轻小伙子在爱情面前完全是毛头小子。姐姐们都喜欢成熟稳重的男人，你叫我有什么法子？"

"我们以前不也是毛头小子？正因为如此，才有一起成长的时间。而这段时间里的积累，都是之后人生道路上的财富。教他们这些道理，撮合他们在一起，是我们大人应该做的啊。"

"你是要我学坐怀不乱柳下惠吗？多可惜啊，真是不乐意长大哦。"

门屋煞有介事地叹了口气，舟作在他浑圆的背上来了一拳。

他差点没坐稳，嚷嚷着"酒洒了"，忽然惊呼一声，伸手指向空中。

舟作又一次错过了许愿的机会。

2

十一月最后一个周二，离满月就差三天。这天天气晴朗，明月皎然于空。海上也风平浪静，舟作于是和文平驾着小船出了海。

舟作主张仍在上次潜过的地方打捞。

"你小子尝到甜头了吗？守着树桩，可不会接二连三来兔子的。"

不管文平怎么说，他已经打定了主意。

打到过鱼的地方，再去几次也会有收获，这是打鱼的常理。因此，文平只好苦笑着答应了，将船停在了和上次几乎一样的地方。

海水仍很浑浊，水下手电筒的光照不了很远，无法看清上次发现的连绵的山丘。透子丈夫的进口车和养老院的单厢车，一时也没能找到。舟作朝着东北部缓缓移动，好不容易找到时，却发现两车堆叠的形态有了不小的变化。之前是单厢车翻转过来压在进口车的发动机罩上，现在却横在了一旁。

原因估计是最近的两次地震（或还有没被报道的小震

动）。舟作小心地靠近两辆车，期待埋在周边的东西被翻到了地表上。

他先试着拂去周围的沙土。在海底，身体会止不住随着海流朝外海漂去，要想保持姿势安定非常不易。舟作着陆后先用探照灯查看四周，寻找大块石头等可以抓住的东西以期固定自己。这时他找到一物，看形状像桌子，又像电气制品的一部分，伸出手抓住，右手继续刨沙石。

继一些小石块之后，出来的是一个小狗摆件和几块陶瓷破片，在附近还找到了一个怪兽的模型。再往下挖碰到了坚硬的土层，只好换了地方。单厢车在位置上更靠近外海，他打算从单厢车外围绕到进口车的对面去，这时，感到一股比以往更强的海流。

舟作就着灯光再次确认海底的地形。本以为这周围是一段缓坡，没想到前面突然悬空，似乎是一处断崖。断崖处海流强劲，裹着人往下落，靠近有危险。

海底的变化一直相对平稳，或许是最近的地震加快了地形的变化吧。舟作回到进口车旁继续探寻，这边的海流相对较弱。

　　他先后挖出一个歪曲的眼镜架，一个助听器，一个带印章的印章盒。舟作集中力量在周围挖掘，但之后出现的只是一些腐蚀变形的金属块。正要放弃的时候，他看到泥沙中闪烁着一点亮光。

　　看形状像是戒指的台座，舟作先拍了照片，然后小心地拂去周围的泥土。他在脑海里努力回想着透子丈夫的戒指的式样，将头灯的光全部集中到指尖，注意着不损坏戒指的工艺，小心翼翼地从泥土中拔了出来。

　　结果却是一只朴素的结婚戒指，几乎没有任何装饰，看起来是黄金的。珠井的戒指就是这样的。不对，应该有很多夫妇的戒指都是这样的。指环内侧很可能刻着主人的名字。

　　这时，缠在手臂上的潜水微机表响了，警告灯也开始闪烁。潜水的限定时间已到，就这样将戒指带出水肯定是最省事的。

　　但舟作脑海中随即便浮现出珠井犯难的脸色来，于是他将照相机调成微距模式，试图拍照片。海流裹着身体不住地摇晃，无法准确地对焦拍到内侧。没有办法，他只好一点点转换角度多拍了几张。

若这个戒指是珠井妻子的，难道也要就这样把它留在海里吗？珠井是不是多少也可以通融呢？舟作想把戒指放进浮力调节背心的口袋里去，但又担心出水后万一碰到海上保安厅或海警检查。

正犹豫不决时，警铃声更大了。舟作走到透子丈夫的车旁，从已经碎掉的车窗探进上半身，将戒指放进打开的仪表板盒内，关上了盒盖。

爬上小船的时候，他又被文平絮叨了一番。

"下次要是再迟，就不跟你出海了。"

舟作将可能找到了珠井妻子的戒指一事告诉了他，他立即消了气，追问是不是把戒指带回来了。听到否定的回答，又发起火来："你怎么回事？你先带回来给人看看，要是不对，再放回去不就得了。珠井为这事费了多少心，你难道不知道吗？"

舟作很意外，从来没见过文平对珠井这么上心。

"不是说了吗，我放在了我知道的地方。他要是真要，可以给他拿回来。"

"那还不如现在就下水去拿，往返五分钟足够了。"

"算上三分钟的安全停止时间，大概七八分钟吧。但不能立马又下水，得让身上的氮气先散发掉才行。"

"刚才也没潜多深吧，你婶娘当年可是只要换口气就能连续潜。你就再下去一回，要真是珠井老婆的戒指，给我们额外发个奖金也说不定。对了，还有封口费！"

文平的脸上露出了狡黠的笑容。

原来如此……比起生气，舟作更觉得滑稽：自己深知文平的为人，竟然也误解他是因为同情才这般急切。于是回答道："我不是为了钱。"

文平似乎很明白似的，连点了三四次头，道：

"可以，可以，你是好心。人家也是明眼人，不会不明白！"忽然，一道光从眼角扫过。

舟作立即蹲下，关掉了LED提灯。

文平也跟着蹲下来，悄声问"咋啦"，朝着光线的来路看去。

正对光区的海面上，闪烁着一艘船舶的亮光。船舶由远而近，投出强烈的光，检查一般逐段扫过防波堤。

但是看样子，舟作和文平的小船尚未暴露。

"是警备船。"

文平小声念叨，在狭窄的小船内挪动身体找到船桨，划动起来。

舟作坐着卸去了潜水装备。光区传来酷似建筑工地的噪音的声响，不绝于耳，因此小船的响声不足为虑；但是在它投射出的光和明亮的月光下，若是有人仔细观望，很可能就会发现小船。

"让我来吧。"

舟作身上轻便了许多，伸手从文平手里接过船桨；文平转而观察潮水流向，指引他尽可能快地从这里离开。

若万一被盘查，就说是夜钓。这是之前就议好的。文平从船底拿出伸缩式钓竿，并将打捞物件放在手边，准备随时沉入海中。

警备船不知是接到了检举还是例行巡查，留在光区周围，久久不去。明亮的月光下，舟作默默地划着船，一刻不停。

在文平家稍事休息后，舟作来到宾馆。手臂肌肉仍然有些发炎，肿胀得难受。

和上次一样，他先在便利店换上衬衣和休闲裤后才进宾馆来，只见大厅正中央已经早早装点上了圣诞树。

他转头向咖啡厅看去，只见透子正坐在里面，身着淡紫的毛衣和深灰的裤子。头发似乎烫过，蓬松的栗色波浪鬈发自然垂下，将白皙的脸颊和脖子温柔地包裹住。

透子注意到舟作，起身看着他。神色中有几分忧愁，亦有几分羞赧。

舟作径直走过去，她吃了一惊，呆然而立。

"我找到一个戒指。"担心她不安，马上接着说道，"不是你要找的，但我拍了照片，还是想给你看看。待会儿能见见吗？有些话想跟你说。还在那个宾馆……"

他原本没有想什么，但话到此处却说不下去了。

透子的眸子不住地颤动。舟作似乎看见自己走后，她一个人在房间里自责自惭的情形，想出言安慰，又怕会让她更受伤。他自己也想将两人共处的时间和空间谨慎妥帖地珍藏在记忆里，所以只是接着说："还去那个宾馆，将就喝杯咖啡，边喝边聊吧。"

颤动的眸子渐渐安稳，她深深地闭了下眼睛后，终于不再颤动。

舟作低头看手表，计算自己与珠井会面、把钱给文平、折回到这条街的时间，再计算会员检视打捞物件、听珠井讲解的时间。自己只要在哪里随便打发个半小时，应该就能合上。透子也没有细问见面的时间，只是点了点头。

"这个戒指，跟我妻子戴的很像。"

珠井注视着电脑上的照片，手指几乎都碰到电脑屏幕了。

舟作站在一旁，详细说明了自己找到戒指时的情形，并表示随时可以下海再取来。

接着，珠井一张一张仔细查看拍摄有指环内侧文字的照片，可惜对焦不稳，大多无法辨认。所幸数量多，有两张勉强可以看清。他交替着将两张照片看了又看，最后长长地吐了一口气说："这不是我妻子的。"

他的声音听起来，更多的是宽慰而不是失望。

"濑奈先生，您不必特意为我费心。当然，我是先看了照片，知道不是内子的才说这种话，听起来或许有些自私；但贵重金属不予打捞，在这个规矩下，没有谁是特例。在那片海下，找到什么都是一种缘分；找到过一次的东西，再去就找不到了，也是一种缘分。而且，这是保证公平的唯一途径。"

珠井语气郑重，眼神近乎愚顽。

舟作看着他的眼睛，也郑重回复："好。"

接下来，两人商量了今后潜水的日程。下周，即十二月的第一个周二，月亮比较明亮，若天气好，或可成行。要是不成行，就得拖到年末。

按照文平的说法，十二月入冬之后，那片海上风浪渐大，出海捕鱼或勉强可行，但要深夜出海，把小船停在近海海面上绝非易事，潜水更是危险；到了一、二月，风浪变大，直到三月开春之后才会渐渐平静下来。因此他建议，若年尾风浪太大，干脆等到三月下旬樱花盛开之际再去。文平一心想着赚外快，尚且如此说法，想来不是虚言。珠井也深以为然，为安全起见，还提出了更长的休息时间：

"那年内就到此为止，明年四月再开始，您觉得怎样？"

舟作回答说："今年年内，应该还能潜一次。"

关于这一点，他早已打定了主意。

"目前看起来风浪还好，到时候看情况，能去就再去一次。前段时间地震，诱发了海底滑坡。我怕休息过程中，地形

可能会有更大的变化，那就再也找不到之前发现的那些目标
了。所以，我想趁风浪还小，至少再去一次。"

珠井点头应允："海上的事情，我尊重您的看法。只是安
全第一，请一定小心。"

之后，舟作开着小卡车去常去的餐馆见了文平，交代了之
后的潜水日程，又把钱给了他。正欲离去，却被拉住了。

"你先坐下。那个啥，健太郎那小子，今早打电话来了，
就在你走后。"

文平的神情很不耐烦，声音却甚是急切。原来是他欠了巨
额赌债的儿子，逃到外地一直断了音信，终于打来了电话。

"反正还活着，说在建筑工地上给人做事，没说具体位
置。什么灾后重建，奥运会场修建啥的，现在到处是工事，缺
人手。所以没有像样的身份证明，人家也雇他。他还说欠下的
钱一下子还不齐，但会一点点还。唉，真是阿弥陀佛！"

"这不是很好吗？"

"哪里好？这小子真是没办法，没办法。当时听说奥运会
定在东京，你婶娘很不高兴，说本来就缺人手还开奥运会，咱
这边的重建得拖到什么时候；现在一听缺人手那小子才找到事

做，就说是好事。我骂她糊涂，先不说重建，要是海里没污染，那小子现在正打鱼呢，安安分分打鱼挣钱，早跟舟作一样娶了媳妇，我们也抱上孙子了。你婶娘一听，哭个不停，说现在说这些也没有办法，至少健太郎还活着。唉，这世上要是什么事都能靠一句'没办法'解决，倒也好了……唉，不过总算还活着。蠢也没事，只要还活着，总还是有办法可想……"

文平的心里应该是高兴的，却摆出一张苦瓜脸，一直絮絮叨叨，说个不停，也不知是要埋怨，还是做了溺爱儿子的糊涂爹，忍不住要把家长里短倒给别人听。空余的三十分钟，舟作全花在了听文平絮叨上。

3

之后，舟作来到了约定的宾馆。透子还没来。

靠窗的座位都有客人，于是他就近坐在了门口。有点胖的女店员今天似乎不在，换作待客马虎的中年男接待来替班。舟作点了咖啡。男接待转身走的时候，透子进来了，点了同样的咖啡。

"让您久等了。"

她向舟作点头示意后，坐在了对面的椅子上。

"您拍的戒指，我看过了。"

她的脸色白皙如常，气息也平缓，眼睛却比平时睁得略大，似乎难掩某种冷静的兴奋，止不住话头接着问道："那个戒指，您知道是谁的吗?"

"不知道……"

"有位女会员认出来是她丈夫的戒指。"

舟作惊讶之余，轻叹一声，几不可闻。

"指环内侧刻着的名字，她看见后，哇地哭了，然后拉着珠井先生不放，一直追问戒指在哪里。当然，珠井先生又重申了贵重金属不予打捞的规则。她不服，说那绝对是自己丈夫的东西，即便上了法庭也可以证明，为什么就不能打捞带走? 珠井先生、我以及其他会员，都非常理解她的心情，反而不知道该怎样劝慰。珠井先生一个劲儿地道歉。后来她情绪完全失控，质问是不是有人把戒指藏起来准备卖钱，嚷嚷着让珠井先生交出来，甚至要伸手打他。周围的会员也努力劝解，但她一点都听不进去了，说好不容易找到了自己丈夫的结婚戒指，为什么不能拿回来，那么多的会费不是白交了吗，要求珠井先生把钱全退回来。珠井先生同意退还，但旁边有人说这是提前定好的规矩，如果真退钱的话，那整个计划就开展不下去了。那人好像是珠井先生的朋友。大家也不停劝解、安慰，好不容易才让她冷静下来。这个协会的运行方式，也恰恰是它的弱点，我们之前就担心，这次完全暴露出来了。"

舟作听在耳里，体会珠井的苦衷在心里。

"后来有位会员提议以后再找到戒指，先打捞起来，如果经大家确认都不是自己的东西，再送回海里。估计他也是因人由己，想了一番吧。珠井先生应该也意识到，这件事情如果就这么搁置只会让会员们更加怀疑和不满，所以决定让大家一起商议并决定。一位年长的会员建议只总结要点，投票表决。毕竟，真要回忆起自己的亲人朋友，便没完没了了。所以最后又重新确定并制定了协会运行的必要规则。例如：不论贵重，是不是只要有会员提出并证明东西是自己的，就可以直接拿走？所有这些规则，都由会员一起举手表决……"

"不好意思打搅了。这是您的咖啡。"

中年男接待端过来两杯咖啡。放的时候，舟作的那杯洒出来一些，弄湿了茶托。不知是没看见还是装作没看见，他转身便准备离开。

"服务员，这杯咖啡洒了。"透子提醒道，"端起来喝的时候，很可能会滴到裤子上的。"

男接待眉眼的皱纹挤到一起，状似羞愧，接连道歉，然后端起舟作的咖啡回厨房调换去了。

"我丈夫以前老批评我说话不客气，但就是不吐不快。"

透子的口气略带自嘲。

"没有，没有，谢谢你帮我说话。那，最后表决的结果怎样？"

"全员通过的结论是，保持之前的规则：贵金属、钱包和保险柜一概不予打捞。"

"你也同意了？"

"对。"

没说几句，男接待便重新换了咖啡过来。速度之快，想来只是将提前冲泡的咖啡又倒了一杯而已，但不好再说什么。

"这回潜水，我特地去找了找你老公，呃，该怎么称呼？爱人？你丈夫的戒指。"

舟作喝了一口无滋无味的咖啡，坦白道。

透子挑了挑眉，看着对方。

"上次也是，你不让我去找，我反而忍不住去找了；但这次，我是自己主动有意识地去找，希望能找到戒指……"

"为什么？"

"我也说不大清楚，只觉得找到才好。你设计的戒指，我记得上面有树、草、鸟、男人和女人，是一幅画吧？"

"对，根据一幅描绘印度神话的画作设计的。"

"树，鸟，是不是有什么意思？该怎么说呢，这个……"

"您是说'象征'吗？树象征生命，鸟象征自由，男女象征爱情。"

"对，就是你说的'象征'。我觉得找到那枚戒指，也会是一种象征。"

"什么的象征？"

"要往深了说，我也说不上来。这不是敷衍你，因为我自己现在也是模模糊糊，旁人更是不明白了。'答案'的象征？以前也说过，我答应去潜水是因为很多问题找不到答案。我觉得，那个戒指可以回答你今后该怎样生活下去的问题，可能也能指引我找到很多问题的答案。"

"要是戒指找到了，就说明我丈夫确实已经过世了。到时候，我应该会考虑再婚。但是，您能够从它上面找到什么答案呢？"

透子似乎还是不太理解，侧了侧细细的脖子。

舟作努力地看着自己的内心，想看清那个模糊的答案，想拂去堆积的泥沙。对面透子的目光更让他焦急不已，用力拂拭，忽然眼前一阵灰茫。泥沙飞舞，什么也看不见了。

朦胧的彼岸，只有透子的容颜仿佛极光一般摇曳着。

这光，抓不住。

这光，却是希望。

虽然缥缈，舟作还是伸出了手，突然又停了下来……

"我决定放弃你。"

"嗯？"

透子一声讶异，仿若感到一丝痛楚，双眉轻锁，粉唇半开，看上去很是诱人。但是置身海底的舟作知道，这光亮虽看上去似乎就浮在海面，实际上却在天外，遥不可及。

舟作低下头，伸手挠了挠痒起来的头皮。

"我想，我必须得放弃一些东西。在那片海里潜过水之后，我越发这样想。以前我觉得应该再去尝试新的生活，新的人生，新的人际关系，拼了命地想要再去体验一把。但是我在水里，我说的不是漂在水中的时候，是切实站在海底的时候，我看着四周，发现自己拥有的只有现在的生活、现在的人生和现在的人际关系。这是事实，我必须接受。然而，我心里明白，身体上却难以接受。真正放弃，谈何容易；改变心境，也不轻松。所以，我要找到那枚戒指。找到了，我们就再也不会见面。你是我最先要放弃的，我要从你开始，学会放弃。只是……"

舟作一时语塞，很想抬头看一看透子，但还是强忍住，接着说道：

"只是找到那枚戒指的可能性很低。我明明知道，却还要在那枚戒指上找结果，或许是因为心里面还是放不下你……"

话一出口，他立刻后悔了。起身想逃，却也不能，只好端起面前的咖啡送到了嘴边。咖啡味道极苦。

"您是说……"

透子话到嘴边，又咽了回去。

　　她会觉得我下流吗？会用鄙夷的眼神看我吗？舟作心里恐惧不已，但还是鼓起勇气，抬头看着透子。

　　透子原本也低着头，感觉到舟作的视线，也抬起头来。眼神里既没有拒绝，也没有冷酷。

　　"您是说，您心里还是放不下我吗？"

　　她的声音清澈明亮，没有一丝性的浑浊和黏稠，透着一股直率和真诚的情感。

　　"要真是这样，我很高兴。您这样的人能喜欢我，我作为女人，觉得很自豪。"

　　那天之后，透子想必也是烦恼不已：应该怎样看待舟作，应该怎样和他接触？他又是怎样看待自己？今天，听到了对方诚实的想法，混乱的思绪总算也安定了下来。

　　舟作也觉得，透子很好地回应了他的感情。虽然她觉得难为情，但总不至于到嫌恶自己的境地。所以现在和透子坐在一起说话，害羞也是被允许的。舟作觉得轻松不少，用微微一笑将自己的羞臊遮掩了过去。

　　"当然，我说的只是'象征'。"

　　透子神情柔软，也笑了。

"嗯，我明白。"

她两手合握在膝上，轻轻点了点头。

此时，舟作觉得两人的身体再无交融的可能，但心意已然相通，终于能告诉她严酷的现实了。

"从现在起，海上的风浪越来越大，潜水也越来越困难，机会已经不多了。十二月，天气好能再去两次，天气不好只能去一次。如果实在不行，就得等到明年四月。也就是说，下一次潜水可能在你提过的五年之期后。"

透子的脸色一下子紧张起来。但，还是美丽可人。

"所以，要是可以下潜的话，我会全力以赴。"

舟作的这句话也是说给自己听的，语气格外凝重。

"那就拜托您了。"

透子颔首致意，声音有些嘶哑。

情侣宾馆的床上，舟作紧紧抱住妻子，在她的耳边轻轻叫她的名字。满惠伸手抱过来，舟作又轻轻叫了一声。

满惠的双脚紧紧缠住舟作的腰身，伸出双手捧住他的脸，深情凝望。鼻尖相抵，身体相合，满惠看着舟作眸子的深处，急切地查看里面映照出来的究竟是不是自己。

她似乎终于放心，闭上双眼，张大双唇，吻住舟作，又将舌头深深探入舟作的口内，与他的舌头交融在一处。一直以来，她似乎从来没有像今天这样主动过。

舟作伸手搂住满惠的腰，往自己怀中送。突然，身体的敏感部位感受到妻子的身体比以往打得更开。他心中惊讶不已，本以为自己对妻子已经无所不知，没想到她的身体还有没开拓的地方。这时的满惠紧闭着双眼，或许连她自己也没有意识到吧。

年轻气盛时，身体被爱欲玩弄于股掌，没能发现尚可理解；长年共栖后，自认为经验充足，竟然也没能发现。或许每个人的身体最深处，都藏着这么一个地方吧。而找到它的前提是：在长久的岁月中，作为夫妻，甘苦同心；作为知己，互尊互重；作为不得不勇敢生活下去的渺小生物，互怜互爱。

舟作紧紧抱住满惠，两个生命之间再也没有缝隙。

满惠回抱得更紧，仿佛要将自己与对方融为一体。

存在于身体深处，仅靠自己绝对无法到达的秘境，是那样幽深、晦暗。此时，这个秘境终于因为彼此的存在发出光亮。

他们相爱相拥，两个世界交融在了一起。

4

　十二月第一个周二，一切准备就绪。可就在出海前，天上下起了雨。

　无奈之下，舟作打电话给珠井，告知会在本月最后一个周二视风浪情况确定是否出海。电话那头，珠井只回答了一句"听您的"。

　圣诞节那晚本应是满月，但从早上便飘起了小雪。

　前一天的平安夜时，舟作分别在水希、晓生的枕边放了鸟类图鉴和足球。早上，两个孩子醒来，高兴地嚷嚷着"圣诞老人来了"，跑到雪中手舞足蹈。

　水希拿着图鉴，央求要去鸟类保护区，说现在会有很多鸟儿飞来过冬。

　但是，年末冲浪和钓鱼的客人很多，门屋器材店一直照常营业。舟作的排班也与往常一样，只有二十九日下午和三十日放假。二十九日是周二，他打算去潜水。这是今年最后的机会。

满惠那边，假期的客人也比平时多。保育园放寒假期间，她好不容易请了假在家照顾孩子。相应地，平时就得多上几个小时来补上。

"好不容易放寒假，你们都不陪我们玩。"

两个孩子表示抗议。

"这是工作，没办法啊。"

他们也只好如此劝慰。

自从离开故乡搬到这里，两个孩子已经渐渐学会了忍耐。有时闹闹小脾气，只要父母说一两句，立马作罢。在这天真烂漫的年龄，他们却已经失去了任性的权利，又何尝不可怜呢。

二十九日周二，再过两天便是新年。上午的工作结束后，舟作开着向门屋借的小卡车回家，将车停在收费停车场后，进屋睡了约三个小时。

到了傍晚，去儿童馆玩了一天的水希和晓生回来了。舟作正陪孩子玩的时候，下班后又去买了菜的满惠推开了家门。满惠催促两个孩子去洗澡，然后进厨房开始准备晚饭。一家四口吃过晚饭，满惠收拾碗筷，舟作则和孩子们一起收起桌子，铺上了被子。

"爸爸，给我们读故事书。"

孩子们躺在被窝里要求。

"不行，爸爸一读书就脑袋疼。"

舟作搬出了常用的借口。

"那，给我们讲讲故事？"

孩子们还是不依不饶，他们知道自己的父亲今晚要出去工作，所以越发执着。

"我要听海盗的故事。"

晓生说，并自豪地讲起今天在儿童馆自己玩海盗大战获胜的事情。

"海盗，海盗！"

晓生叫着，一旁的水希也应和起来。

"那好吧，爸爸就给你们讲海盗的故事。"

见推脱不掉，舟作只好应承。孩子们立即拍手叫好。

"从前有两个海盗，去光之岛盗取宝藏……"没有现成的故事，他只好随口编了一个。

"海盗太少了!"

孩子们不满意。

"这是两个无与伦比、顶级的海盗。"

没办法，舟作又做了一下补充。

"传说中，这个光之岛上藏着整个国家的宝藏。于是，两个海盗偷偷地从海里潜入，准备去偷。等他们上了岛，却发现岛上并没有宝藏，只有……"

说到这里，他一时语塞，不知道该怎么往下编。

"只有什么?"

孩子们立即追问。

舟作停了一下，回答说："只有眼泪，很多人的眼泪。光之岛上的人们将眼泪收集起来，做成会发光的黄金，但是这种黄金发光的时间很短。"

"为什么发光的时间很短呢?"

水希问道。

"因为眼泪会干呀，黄金是用眼泪做的，过一段时间眼泪干了，黄金也就不亮了。"

舟作回答。

"这样的黄金谁要，丢了算了。"

水希撇了撇嘴。

"可要是丢掉，就会发出很臭很臭的气味，大家都会很难受啊。"

两个孩子听了很惊讶，异口同声地惊叫起来。

"海盗们也很失望。"舟作顺口接着往下编，"这里没有宝藏，所以他俩商量要去别处。"

"去哪？去哪？"

"这两个海盗啊，被岛上的光晃得看不清方向，最后迷了路，闯进了海底森林里。海底森林里，住着很多海浪生出来的白色鸟儿。"

"这些鸟儿也会飞吗？"

"它们在干什么呢？"

"海底森林里有一种树，能结出像水果一样的果实，那是小小的回忆的果实。这些鸟儿啊，就搬运着它们。"

"小小的回忆是什么？"

"圣诞老人给水希送了鸟类图鉴，水希很高兴；圣诞老人给晓生送了足球，晓生和姐姐一起快乐地踢球玩。类似这样的，一个又一个小小的回忆。"

"鸟儿为什么要搬运回忆的果实呢？要搬到哪里去？"

被孩子追问着，舟作竭力思考怎么编下去，忽然想起之前在电视里看到的场景——商场搞促销，市民竞相购买。

"搬到失忆的小镇去。住在这个小镇的人都失去了记忆，这些鸟儿衔着回忆的果实，飞到上空，然后松开嘴，回忆的果实就像下雨一样掉到人们中间去。"

"掉下去，会怎样？"

晓生问。

"可惜，一般人都不会注意到这些果实。大家太忙了，都记不起自己做了什么，也不在意这些。但是偶尔会有人发现，捡起来打开一看，里面是满满当当的回忆。有很幸福的回忆，也有很悲伤的回忆，各种各样。不过就算很悲伤的回忆，也是很重要的，也是无可替代的，当有人意识到这点就再也不能继续在这个失忆小镇里住下去了。"

"那然后呢？"

水希问。

"人们就会想去海底森林，觉得那里才是自己的家乡，想要回去。因为只要回到海底森林，就能找到自己的回忆。那里到处是各种各样的回忆，它们就像圣诞节彩灯一样闪闪发光。于是，人们决定在海底森林住下，继续培育这些回忆。"

"那两个海盗，怎么样了？"

晓生又问。

"他们也决定在海底森林里住下了。"

"为什么？"

水希不解。

"因为人们在一起欢笑、在一起相爱的回忆才是宝藏啊，两个海盗终于明白了这个道理。"

"那然后呢？"

晓生眨了眨睡眼。

"故事到这里就结束了。"

"不是海盗吗？他们不打仗吗？"

他还是不满意。

"我只要有鸟儿就行了。"

水希在一旁说。

"海盗不打仗，一点意思都没有。"

他嘟起了嘴巴。

"没意思故事也讲完了，快去睡觉！"

舟作催促着。

孩子们睡下后，舟作来到玄关处。他在运动裤下面又加了一条保暖裤，上身是运动衫加卫衣和夹克，套上厚袜，蹬上凉鞋。

满惠送他出门："万事小心，不要勉强。"

以前她都只是送舟作出门就回去了的，今天却站在门口，似乎想让舟作抱一抱她。

"我去去就来。"

舟作紧紧抱住满惠。

下楼后，他便没再回头，但心里知道：满惠肯定一直站在门口，目送着自己离去。

阴历十九，月亮高悬空中，风微云稀。

舟作将车停在文平家门口，文平从屋内走了出来。

"我刚才去海上看了下，稍微有点浪。"

"潜不了吗?"

"浪估计会越来越大。考虑到安全第一的话,今天最好不去。你想去吗?"

"今天要是不去,就得等开春了。我想去。"

"应该也出不了什么事,你跟珠井联系了吗?"

"嗯,我刚才跟他说了今天要出海。"

两人将潜水设备装上车的时候,邦代从屋里出来,告诉舟作今天买了好肉回来。

"那之后,健太郎还打过电话吗?"

舟作停下手里的事情,转身问邦代。

"嗯,圣诞节打过来了。"邦代眉开眼笑,"那傻孩子,说什么起码送个'语音礼物'……"说罢,飞扬的眉眼挂了下来。

一旁的文平嗤笑了一声。

舟作对邦代说:"下次再打电话来,您记得跟他说我想见见他。"

一切准备就绪,邦代挥手送两人出了门。小卡车行驶在沿海公路上,月光下尽是没有人烟的房子,其中一栋正在被拆除。

拐过L形弯道，浮现在灯光里的还是那片枯草中的断壁残垣。凸露的钢筋，通往二楼的混凝土台阶，一如既往，仿佛古文明的遗迹一般。

对面靠海的狭长空地上，绿地公园已经建成。垒高的地面被推平后，各处栽上了树苗。公园中央树立着遇难者纪念石碑，但碑上没有名字。据说是因为至今仍有很多人生死不明，对于这些人的处理意见未能统一，不能贸然镌刻上名字。也因此，这里反倒成了所有人都可以寄托哀思的地方。

小卡车驶过低矮山岩下的公路，月光下的渔港渐渐浮现在眼前。

渔协办事处前的岸边，对面防波堤的沿岸，停驻着一艘艘渔船。远远看去，它们就像一个抱膝待命的巨人。缆绳不住发出嘎吱嘎吱的声音，仿佛是巨人在叹息："何时才能再出发？"海风中渔船不住摇晃，似乎是巨人在梦呓："膀子锈了，脚也站不稳喽。"

"文平叔，文平叔，我们到了。"

片刻亦可入眠，这是渔夫的特技。

　　舟作随即下车，卸下潜水设备后，文平照例将小卡车开去了停车场。

　　海风越来越大。换衣服时舟作止不住打起了寒战，穿好潜水服后才感觉冷暖适宜。文平也加了一件防水外套，戴上毛线帽，哈着白气下了台阶。

　　舟作组装潜水设备时，文平走到坡下探了探海水。

　　"今天得快去快回。"

　　舟作抬头看天，空中仅有几缕浮云。

　　小船在风浪中颠簸着，所幸文平技艺高超，并无危险。

　　舟作直直盯着月光下的海，心无杂念。突然，一片耀眼的人造光闯入视野，他不由得生起一种本能的恐惧。

　　小船转换方向，正在朝光区靠近。上次的海上巡视船不在，两人松了一口气。

　　"在那里做事的人，圣诞节啊，新年啊，什么都顾不上吧。真是难为他们了。"

　　文平的声音饱含感激，乘着风飘了过来。

　　今夜的照明灯依旧过分明亮，照得周围煌煌如白昼。

　　又前行了一会儿，灾后小镇的废墟出现在正前方。寒风中，月光越发冷冽，海岸直至陆地远处的情景可尽收眼底。海浪高起，闯进曾经是小镇的腹地，狠狠拍打。

浪花不断撞击着黑色的固体，泛出白色的光芒。不知那些是水泥断墙还是柱子，也不知这里是不是四月初访的地方。周围还有类似的场所，处处可见翻起的浪花。

舟作凝视着浪花。它们又变成了白鸟，展翅高飞。

白鸟散在各处，大大小小十多只。每当海潮涌过来时，它们从小镇的底部生出，展翅飞向虚空，须臾消失。然后，新的白鸟又诞生，如此反复。

"加把劲。"

文平催促着，舟作继续划动船桨。不多时，到达预定的目标地点。两人收起船桨，抛下船锚。今天的风浪不比以往，一个船锚怕不够，文平将备用的另一个也扔了下去。

舟作背上浮力调节背心和空气瓶，戴上全面罩，还将一个J形大铁钩小心地挂在腰带上。上次潜水时，他发现有几处的海流很快，导致自己不能在海底长时间站定，因此特意准备了这个。铁钩连上绳索后可用来拖曳大鱼，此次打算用它钩住海底来固定身体。

"我看这浪头有点不大对劲。这个季节，海底下洋流的变化应该也不小。你莫勉强，有事赶紧上来，晓得了吗?"

船虽小，但文平作为船长，说话还是很有分量。舟作听罢将预定的潜水时间缩短了五分钟。

一切准备就绪，舟作坐到船舷上，做出"OK"的手势。待文平回应后，调整好呼吸，仰躺落水。

5

时间很紧。

舟作对这一带的情况心里大体有数，他打开头灯，打算采用头前式着陆。经过数次平衡耳压，不多时已然到底。他将手电筒拿在手里，照向预想的方向。

海流确实与以往不同。以前，从左侧缓缓涌过来的海流撞击海岸后会向右画一个半圆慢慢回到外海，但现在水流太快，它不及靠岸，就直直地冲向了右侧。

舟作向岸边靠近，再掉头折回来，小心地寻找此行的目标，感觉自己就像在横渡湍流。海水浑浊，细小的悬浮物如漫天飞雪一般。

他循着记忆中的方位缓缓向前，不多时，前方露出半截居民楼供水用的大储水罐来，之前从没见过。舟作怀疑自己是不是弄错了方位，于是一边注意着水流，一边打开潜水微机表探测水深以及位置，向外海移动。这时，一个柱状物体出现，如墓碑般直立着。他矮下身体，沿着海流影响相对较弱的海底，近乎匍匐着前进。

靠近一看，正是透子丈夫的进口车。此时车子车身倒立，底盘朝着岸边，压瘪的前部触着海底，车尾向上。

养老院的单厢车已不见踪影，估计是被海流冲走了。舟作走到车边，往外海探了探身体，差点就被裹走。由此往外海去，海水中的漂浮物越来越多，仿佛前方正下着鹅毛大雪一般，令人完全看不清楚。

舟作小心翼翼地查看车内，发现原本关上的仪表板盒开着，里面的戒指早已不知去向。为避开强劲的海流，他绕到车身背部；即便如此，还是难以站稳。于是他取下铁钩，找到合适的位置深深钩住。铁钩连着短绳，短绳连着腰带。

终于固定住身体后，舟作开始拍照和搜寻。近来海流日趋强劲，甚至可以掀动汽车。海底的泥沙似乎也已经被翻搅了一遍，处处皆可轻易挖开。塑料板，弯曲的铝棒，碎木板，布条……出来的东西不胜枚举。这些或许是聚集在别处的杂物因为地震或其他原因被翻出地表，顺着洋流过来后，碰到这些车体残骸堆积而成的吧。

一只童鞋从泥沙里露了出来，漂到眼前。舟作伸手抓住，放进贝壳网内。他在周边再刨了刨，又找到数只童鞋。也不知道这些鞋子的主人是否仍然在世，但鞋上可能有署名，他决定每双鞋只取一只，另一只则拍下照片。这样，能尽量多地带回不同人的东西。

神奇的是，这里竟然还有体育馆用的拖鞋和芭蕾舞鞋。令人怀疑海底是不是住着一个儿童鞋类爱好者，将搜集来的鞋子都放在了这里。

舟作隐隐听见自己的呼吸声间，夹杂着一种奇特的声音。他就着头灯环顾四周，发现倒立的汽车在海流中前后微微摇晃。或许是汽车晃动的声音。不能离得太近，万一车翻个身，自己就会被压在下面了。

舟作换了个安全位置，还是用铁钩钩住海底，刨开泥沙继续搜寻。但除了已经腐蚀变形、无法分辨的东西以外，什么都没有找到。

看来除了车身附近，并没有什么东西。虽然危险，他也只好回到原处，一面小心注意着车骸，一面凭着手指的触觉继续探寻泥沙中埋藏的物品。

塑料碎片。陶瓷碎片。好像是什么金属薄板，继续深挖，出来了一台智能手机。随后，又接连找到两台不同种类的平板终端。也不知道是潮水的杰作，还是电器店的商品被打包全冲到了这里，舟作还找到一个小都上班时总听的MP4。

这里，简直就是渔夫们最喜欢的丰收地。舟作收获颇多，身后的贝壳网鼓了起来，越来越重。

忽然，他注意到车骸与海底的夹缝里，似乎有什么东西反射着手电筒的光。若要去取，自己的身体势必会碰到车骸。车骸本就不稳，若被碰触，不知道会怎样。但是，还剩六分钟，时间足够，而且这样的机会绝无第二次。

舟作顾不上迟疑，匍匐着爬进车骸的正下方，头部与车骸的发动机相距只在毫厘。

一具骸骨。一串廉价的项链——虽不是贵金属，但也顾不上了，仍是置之原地。一条链子——时间紧迫，不再深挖。一个金属环——挖出来一看，却是小环穿成的手链，也置之原地。

突然，余光里闪过一道黑影。他以为是鱼，转过头灯一看，发现竟然是一具裸着上身的人的尸骸。尸骸的皮肤被划烂，只剩了半张脸，胸部深陷，右手不知去向，下半身更是被拦腰斩断。

舟作吓得呆住，良久才看清那是一个服装店的人体模型。它或许原本被夹在某处的墙壁间，受了震动脱落出来，机缘巧合顺着海流到了这里。他一时惊恐无状，本能地往车身靠，惊觉后赶忙扭头试图恢复到之前的姿势。这时，肩膀撞到了发动机。想必是刚才看到模型吓得后仰，靠近了车身的缘故。

霎时，身体不能动弹！不是因为疼痛，而是恐惧。

待在这里太危险，舟作心下警觉，顾不得搅起泥沙，猛地蹬了一下地面，想要离开。但是，铁钩又把他拉了回来。

这时，海流中原本倒向外海的车骸压了过来。不及迟疑，舟作用肩抵住车身，随即取下铁钩，抽身退向岸边。泥沙骤起，直追而来。

若是海上风平浪静，海底沉渣泛起，想必久久不能澄清；但现在海水流动迅速，泛起的泥沙很快便被冲到了别处去。

舟作仔细检查全身，所幸并没有受伤，只是潜水服的肩部破了一道口子。并未觉得冷，也就是说海水暂时还没进来。但一旦海水灌进来，全身湿透，便会有生命危险。

此地不宜久留。刚好计时器响起，警告灯也开始闪烁。

舟作再次确认透子丈夫的车。可能是刚才倒下的势头太猛，车身朝外海方向移动了不小的距离。车顶触地，前面就是向外海倾斜的斜坡，车骸似乎正一点一点向下滑去。

舟作双手撑地，打算先浮到五米深的安全水域。他收起铁钩挂在腰间，向上浮去，贝壳网很重，直直地坠在身后。他担心贝壳网被刮坏，东西散落了出来，于是打开手电筒向下查看。

车骸倾倒搅起的泥沙大部分已经被冲散，刚才挖掘过的地方也没了泥沙。光圈中，微光闪烁，似乎是什么原本深埋的东西终于裸露了出来。

仿佛被吸引住了一般，舟作关掉计时器和警告灯，又一次头朝下潜向海底。

地上散落着数只手表，其中很多的表面已经破碎，指针不知去向。另外还有胸针、耳环等首饰以及吃甜点用的叉勺。估计是因为密度相近，全都聚集过来了吧。

舟作并不着地，只悬浮在这些反光的物品上方慢慢搜寻。这时的他与其说是用眼睛在看，毋宁说是用鼻子在"闻"。但他所凭的不是实际的鼻子，而是他脑袋里过人的"嗅觉"。

就是这里！

一股海里不可能闻到的香味，就像是春夏之交花草萌发的芬芳。他立即挥动蛙鞋，逆流向前，轻轻拂去泥沙。藤蔓缠绕的大树下，男人伸手拥抱住了恋人。戒指，出现了。

戒指贯穿在一段白珊瑚上，舟作正要伸手去拾，却停了下来。原来那段白珊瑚是人的指骨。

指骨前端和根部已经消失，只留下第二指节前后约六厘米的骨头。估计是无名指指骨，正中央嵌着戒指。全面罩内，舟作长长地叹了口气。

他迅速拍了照片，然后捏住指骨，正待拾起，海流冲击着身体一阵晃动。指骨从戴着手套的指间滑落，连同戒指一起向远处漂去。伸手去抓，已然来不及了。舟作连忙大步挥动蛙鞋，上前追赶。照理说，戒指应该很容易从指骨上滑落，但或许是今天的海流压力太大的缘故，它们合为一体，越漂越远。

警告灯已经关了，不知道过了多少时间，但空气瓶里应该还有空气。只差一点，只差一点……舟作伸长手，拼命追赶。泥沙愈泛愈多，愈来愈猛，仿佛漫天大雪。戒指隐在了大雪的国度中。

舟作感到海流正拽着自己往外海冲去。靠近岸边的海底较为平坦，到了这一带，有差不多六十多度的斜坡。原本水平流动的海水急转直下，冲力之大可想而知。海底滑坡后形成的深不见底的断崖在舟作的脑海中闪现。

不能再追，太危险了。但是有浮力调节背心，即便被冲到深处，只要注入空气，就能重新浮上来，没关系。

舟作已经不能保持冷静。他知道危险，却无论如何想要找回戒指。正要跳进湍急的海流，突然感觉有手抓住了自己的背。

无法动弹。

谁？是文平叔吗？

左肩。

右手肘。

回来! 那里不能去!

似乎有人在督促自己一般, 左手肘被拽住了, 腰也被抱住了, 一直拉着他往后退。

你这是干什么? 好不容易死里逃生, 你不管岸上等你的人了吗?

迈出的右腿和左膝也接连被抓住。他不能向前。

舟作不及回头细看, 只好拼命蹬着蛙鞋朝岸边游动, 终于从湍急的海流中脱身出来。惊魂未定之际, 他回头看去, 鹅毛大雪那边是逐渐远去的人影。

似父母的人影, 似哥哥大亮的人影, 还有很多未曾见过的人的身影。小孩, 老人, 男人, 女人……他们倏忽消失在了大雪的深处。

这难道是潜水时偶尔会看到的幻影吗, 还是血液里氮气积累太多产生的错觉, 抑或是内心对于死亡的恐惧和竭力求生的愿望幻化成梦境, 阻止了失去理智的自己?

突然, 背后传来大鱼悲鸣般的声音。舟作转过头, 只见透子丈夫的车滑到了断崖处, 前半部分逐渐隐没, 后半部分随之扬起，令人想到朝着虚空嘶吼的海兽。转瞬之间，仿佛被某种看不见的力量拽着，它卷起一阵更强烈的雪花，消失了踪影。

悬浮的粒子同时不见了，海水随即清澈下来，仿佛虚空，目不可极。然而，下一刻从海底深处喷涌出更猛烈的暴雪，埋葬了虚空。

车骸落下时搅起的逆流朝着舟作涌过来，带着一点光。光似乎在祈求舟作带自己上岸，就像之前的那个月牙发冠一样。

流星划过。

舟作许下了愿望：请安息吧。

浮出水面后，文平立即将船靠了过来。舟作脱下蛙鞋，与贝壳网一并交到文平手里后，抓住扶梯爬上船，然后向着船头坐下，取下全面罩，卸下浮力调节背心。

"你个龟儿子！"

只听文平一声怒吼，舟作的背上也挨了他一拳。

"你小子能不能长点记性？下次老子可真要动手了！"

舟作耷拉着脑袋，戴着潜水帽的脑袋上又狠狠地挨了一下。

"老子在上面吓得团团转，不能下去找你，又不能打电话叫人。你要老子玩，是吧？你要是出点什么事，我怎么见满惠？你这个蠢货，老子说话你听到了没?"

头上别的地方又挨了一下。舟作一时木然，手套不摘，潜水帽也不取。

"喂……舟作，你怎么了？不舒服吗?"

文平从身后探过头来，看了看舟作的脸色，又关切地叫了一声，然后把LED提灯也拿了过来。

"你怎么了？喂! 我下手没那么重吧?"

"我……"

"什么？你说。"

"我在下面的时候……爹、娘、大哥，还有其他很多人，是他们救了我。肯定都是那次海啸，过世的人……"

过了一会儿，文平厚厚的手掌包住了舟作的双肩。

"可不是，你现在明白了吧，你可以活下来，正是因为你说的这些人在帮助你，护着你啊。"

文平错会了舟作的意思，开导舟作道。

不，我不是说这个……话到嘴边，舟作又咽了回去。文平说的也有道理：确实正是因为有家人、朋友乃至素不相识的人的帮助，自己才有今天。

"舟作，舟作！你怎么了？刚才打疼了？我其实没想真打你……"

那天，舟作憋在心里的各种情愫一并迸发了出来。他面不掩，泪不揾，双臂耷拉在两腿间，脑海里不断回想起孩提时哥哥笑话自己是爱哭鬼的情景。只在此时，他不想克制，不再克制，任由悲欢情动，五味杂陈。

小船略作停歇后，返航的马达声响了起来。

6

透子已经坐在了靠窗的桌前，头发精致地盘起，和第一次见到时一样。

她穿着冬天深色调的夹克和裙子，夹克下穿着白衬衣，身旁放着脱下的黑风衣和茶褐色的围巾。桌上放着廉价的茶杯，正微微冒着热气，想必又是那泡乏了的咖啡。

所幸今天没有其他客人。舟作还没走到座位，身后就传来了女店员的欢迎声。透子抬头看过来，眼神里透着不安，也有期待。

　舟作回头也点了一杯咖啡，来到透子面前坐下，两手插在穿旧了的皮夹克口袋里。

　"这次又让您辛苦了。"

　透子恭敬地道了谢，接着说道："这次劳您带回那么多东西，非常感谢。今天所有的会员，看到桌子上的东西都惊讶不已，一件件拿在手里。这样说有些奇怪，大家都很高兴。智能手机之类，虽然数据还没有恢复，还有些东西不知道失主是谁，但大家都说即便不是自己亲人的，也很感激您，要珠井先生代他们跟您道谢。"

　舟作只是点了点头，沉默不语。

　"但是……"

　透子的声音低沉了下来。

　"让您久等了。"

　这时，身材微胖的女店员端着咖啡走过来，一边将杯子放到桌上，一边打量着两人。大概在心里怀疑两人的关系吧。舟作真想跟她说：不劳您费心，以后不会再来了。

　"但是什么?"

女店员走后，舟作问。

"但是，戒指，好像还是没找到。"

透子语气平淡，不知是失望还是安心。看来她还是在迷茫。

"戒指其实找到了。"

透子猛然颤蹙，不敢相信自己的耳朵。

"就是跟你手上的成对的那个，藤蔓缠绕的树下，男子伸手拥抱爱人，那个戒指。本来埋在你丈夫的车下面，海流把车冲走后露了出来。"

"真的吗……但是我刚才没有看见照片。您没有拍照吗?"

其实拍了，但是照片中有指骨。这样的照片，舟作不忍心给未亡人看。承认丈夫的死已经非常艰难，更别说亲眼目睹丈夫的遗骨。他担心透子看了照片后，那白色的指骨便会一直扎在她的心里，令她失去对新生活的期待。所以上岸后，便将拍下的照片删除了。

"我找到的时候没能拍下照片。"

"为什么呢?"

"海水流动太快了，我自己都差点被冲走，根本没法拍照。"

"您真的看清楚了吗？海底不是完全没有光吗？您都差点
被冲走，是不是没有看清楚？戒指本身就小，上面的设计也很
精细，不仔细看是不能看清的。"透子抬起左手把戒指对着舟
作，"您看，隔着这么一点距离，戒指上的藤蔓、树木还有人
的图形就看不清楚了，不是吗？"

"我看清楚了，不会错的。"

"但是……"

她睁大的眼睛木然地转到一旁，双手重重地搭到腿上。

"……我必须知道他到底是生是死。戒指是最重要的证
物。仅凭您的一句话，我……"

透子收住双唇，右手握住戴着戒指的左手，用力在腿上按
了几次，深呼吸着努力使表情平静下来。

"对不起，我不是要怀疑您。您冒着生命危险潜水，我不
是不相信您说的话。只是，我自己不亲眼看到，心里还
是……"

声音颤抖，她好不容易恢复的表情又崩溃了。眼睛里泛出
了泪，又强压了下去，似乎对自己的软弱非常愤怒。

"您是不是……我说这种疑心话，希望您不要生气……您是不是为了使我下定决心，本来没有找到，却故意说……"

话说了一半，又觉得不应该说，透子掩住嘴巴，转向窗外。

鹣鲽情深，未能相忘。透子即便承认了丈夫的死，将来再婚，想必心底也永远放不下对亡夫的感情。若是他没有罹难，两人在之后的岁月里，一定会共同成长，悲欢与共，相亲相爱。即便偶有拌嘴，乃至互不相让，甚至想到离婚，两人也最终会在时间和经验的重叠中，相守如一。即便无奈分手，这份历久弥坚的爱情也一定会永远留在两人的心中。但是这一切，都因为丈夫的早逝化作了泡影。

看来仅凭口头告知，透子还是不会死心，她心里放不下丈夫，势必还要与自己见面。舟作下定决心，伸手从皮夹克口袋里掏出两张照片，放在了桌子上。

透子看到照片，倒吸一口凉气，将照片拿在了手里。

"这两张照片我没有交给珠井先生。照片打印出来后，就把数据删了。你的戒指很特别，珠井先生肯定注意到了。这照片如果交上去，他一看就会发现和你的设计相同，到时候你要说是你丈夫的戒指，以他的细心，肯定一下子就会想通你说想见我的理由，而且肯定会察觉到你来找过我，而我也答应了你的要求。这样不好，这是对珠井先生的背叛，我怕会伤到他。"

两张照片。一张是戒指的特写，虽是在水下拍摄，但对焦正好，戒指上精致的设计拍得很清晰；另一张拍摄的是指环内侧，可以看到上面刻着两个字母，正是透子丈夫姓名的首写字母。

透子看着照片，悲伤难抑，长长地叹了一口气。

舟作连忙伸出右手握住了她的左腕。他仿佛看见透子正沉入昏暗的水底。

透子惊恐地抬起头，只见舟作坚定地看着自己，仿佛在说：

不能沉没下去！快回来！你要坚强地活下去！

透子的眸子终于又光亮起来，知道自己身在何处，恢复了能为自己的行动承担责任的理性。

或许，应该说是悲哀的理性吧。舟作一边注意着对方内心的变化，一边松开了手。

透子将照片放回了桌上，但手没离开。

"这个……戒指，现在在哪里？"

"戒指找到后，我把它放在了车的仪表板盒里面。后来海流太猛，车被冲到深海去了，应该不会再上来了。"

舟作嗓音低沉但明确地回答道。

透子双手交握，祈祷一般置于唇前，仿佛要用这祈祷将哭声堵住一般。两行热泪冲出紧闭的双眼，沿着两颊流下。

舟作低下头，端起咖啡喝了一口。

无滋无味。

"今天也是我和你最后一次在这里喝咖啡了。"

舟作把杯子放回桌上，右手又插进了皮夹克的口袋里。

"明年开春之后是不是继续潜水，我跟珠井先生说还得重新商量一下。说实话，要是用不着我们再去潜水的话，再好不过。这事情，最好是让正式的部门来接手。那样，剩余的会费能退还给大家，打捞起来的东西也可以公之于众。跟我搭伴的人没了临时收入估计要不高兴，但是好不容易找到了戒指、亲人的项链、手表什么的，又要送回海里去，我还是觉得不对。更不要说那些玩具戒指和发冠了。"

透子的呼吸声渐渐平稳了下来。

"您觉得潜水太辛苦吗？今后，不想再潜了吗？"

她的声音里带着哭腔。

舟作本想再喝一口咖啡，但忍住了。

"要是找不到别人的话，还是会继续潜的。那片海下面的东西，都是人们的回忆，我想去把它们捞回来。我觉得这是我活下来的使命。"

"这是您找到的答案吗？"

"……算是吧，我自己也不知道。只是，如果还要去潜水的话，我有一个愿望。怎么说呢，一个不切实际的愿望。只要是我去，就意味着它永远不会实现。"

"什么愿望呢？"

"我想在太阳高照的时候，去潜水。"

舟作不自觉地抬起头。从遥远宇宙行进过来的无数光带，透过宾馆的天花板，交互重合，正悠悠地晃动着。

"阳光一直照到海底的话，我就可以完完整整看清那个地方。说起来，我还一次都没有看清过呢。以前还有点怕，但现在已经完全没有问题了。在水里的时候，我不会再去思考那些悲伤和愤怒，只想安静地追寻人们曾经幸福生活的痕迹。啊，在这里，他们一起笑过，一起爱过，一起幸福生活过。我希望我潜水的时候，心里想的是这些。另外，我还想从那里找到一个可以成为自己永恒回忆的东西，镌刻着人们认真生活印记的化石，作为我一生的护身符。"

浪潮中摇曳的极光，终于离去，飘向了太空。

"我们就在这里别过吧。"

舟作低下头，正视着透子。

"谢谢您。"

透子回答。

舟作左手插在皮夹克的口袋里不动，右手伸进胸前的里兜拿出一个信封，放在了账单的旁边。

"之前你给我的钱，还给你吧。不过今天的咖啡，就由你请了。"

透子爽快地点了点头。

"祝你幸福"四个字冲到嘴边，又收了回去。这四个字不能说，以后怎样，都由她自己决定。

"你多保重。"

"您也注意身体。"

　舟作起身，透子也跟着站了起来，向他深深鞠躬致谢。

　这样的女人要是自己的老婆该多好。不，短时间或许还好，长了肯定不行。海有海的道，人有人的命。

　插在皮夹克口袋的左手，紧紧握住了手心里的戒指。

　那天，请求将自己带上岸去的光，就是透子丈夫的戒指。指骨已经脱落，舟作在上浮的前一刻，把它抓在了手里。

　照片是上岸后，他趁文平去取车时又下到海里照的。若非如此，也不能照得那样清晰。

　透子永远不会发现照片到底是在哪照的，在哪照的又有什么区别呢？待她对亡夫的感情更成熟一些，即使日后跟别人再婚，也能一边与之相爱，一边不带任何愧疚地回首自己与亡夫的过往，达到真正的内心的安宁。到那时，再把戒指给她吧。

　透子的丈夫，请你也放弃再回到透子的身边吧，所有的人都在一点点放弃着某些珍贵的东西。

　至于这个戒指，就由我暂时保管吧。镌刻着人们认真生活印记的化石，我愿守卫你。

　"那我走了。"舟作道了别。

　"再见。"透子回答。

舟作头也不回地迈步离去。出门时，听到店员说"多谢光临，欢迎下次再来"，他不禁笑了出来。

舟作将小型卡车停在了卡拉OK店前。

穿着橘红色制服的满惠从店门内走出来，环顾四周后小跑到他身边，着急地说：

"跟我换班的人还没来。我今天上完班后一直休到三号，不能随便就走了。"

"没事，我等你。"

"谢啦！"

满惠的眉头舒展开来，土气的橘红色制服又向店里跑去。将进门时又回过头来，以不被人发现的程度朝舟作轻轻挥了挥手。

曾经，自己仿佛置身于狂风暴雨中，身体几乎要被击碎；但现在，有如在轻缓的海流里，平静安宁。妻子和孩子，他们又是怎样的呢？

舟作给门屋打了电话，将小卡车送回器材店后，借了他的左舵进口车。

四十分钟后，换好衣服出来的满惠高兴地坐进了副驾驶座："哇，这不是门屋哥的车吗？你跟他借的？但这车要是停在宾馆的停车场被人家看见，他会被误会吧？"

舟作径直从情侣宾馆前开了过去。

"……他爸，我们这是去哪？"

满惠满脸疑惑。

"接水希和晓生。"

"接孩子干什么？"

舟作并不回答，将车开到了儿童馆。儿童馆从明天起放假，也放到一月三日。孩子们跟儿童馆的工作人员和一起玩的朋友们一一告了别。

"爸爸，爸爸，我们这是去哪儿？"

坐在后座上的两个孩子兴奋不已，不停地发问。

大约三十分钟后，舟作将车停在了海滨公园的停车场内。水希和晓生从车里出来，争先恐后地朝建在河流入海口附近的鸟类公园跑去。他跟在孩子们后面，满惠则去公园服务处借了望远镜。

沿着海岸线延伸的铁栅栏，将广阔的鸟类保护区与人类隔开。每年这个时节，很多地方的候鸟都飞到日本来越冬，鸟类保护区内可以看到的鸟类比平时要多得多。成群的鸟儿有的在潟湖或浅水边觅食鱼虫；有的仿佛在冥想一般伫立不动；有的好不容易找到中意的地方正要降落下来却被其他鸟儿驱赶，又起身飞上天空……水希指着各种鸟儿，将自己从图鉴中学的滨鹬、长脚鹬、白颈鸦、海鸥、大白鹭、黑鹭、鱼鹰等各种名字，告诉身旁的晓生，时不时还回头看看舟作。

"看妈妈借来了什么?"

满惠借来三个望远镜，分别递给水希和晓生后，剩下的递给舟作。

"我不要，你看吧。"

舟作站在母子三人的背后，看着他们倚靠在铁栅栏上，拿着望远镜眺望入海口附近的鸟儿。

"妈妈，妈妈，那里，那里!"

水希大声提醒着。

"哪儿，哪儿? 哦，那里。真的!"

满惠应声道。

"哪啊，我没看到……"

一旁的晓生急得几乎要哭出来。满惠忙过来告诉他，水希也凑近指点。

"啊，那里，我也看到了！"

晓生欢呼起来。

满惠回头若有所意地看着舟作，微微一笑，听到孩子们叫自己，又忙回过身去，将望远镜举到了眼前。

现在和孩子们在一起其乐融融，满惠她心里一定怀着惭愧和歉疚，向着不知道是否确实存在的对方祈祷，不停地说着谢谢吧。

"爸爸，我看到了！"

晓生转过头来。

舟作回了个疑问的眼神。

"您说的搬运回忆果实的鸟。"

水希也转过头来。

舟作诧异地朝铁栅栏外看去。只见一只白色的大鸟正展翅高飞，双翼巨大有力，乘着仅有的几道上升气流，向着被晚霞渐次染红的空中飞去。它前面依稀还有几只鸟儿，再前方，几朵云彩之间也有悠悠飞行的鸟影。这是一个鸟群吗？它们要飞到哪去? 又有一只鸟紧跟着展开双翅，舞向空中。

"爸爸，看到了吗?"

晓生笑着问。

"有吧，有吧?"

水希笑着问。

满惠也微笑着。

"嗯，有。"

舟作回答道。

母子三人相视一笑，又回头去看飞起的鸟儿。

舟作看着他们的背影，左手伸进皮夹克的口袋里，将化石握在手心，"谢谢"一词不自觉地就说出了声。

白色的大鸟一只一只飞上天空，钻入云端，不见了踪影。

海水下沉重、笨拙而又无力的生物，注视着美丽的光带摇曳着照射下来。它憧憬海面，更憧憬海面之外的光源。它渴望着这些光带将自己拉上去，即便不能，那至少不要离去。那是它的仰望。此时此刻，舟作也像它一样仰望着眼前夕阳下广阔的天空，瑰丽绝伦，横无际涯。他心中的惭愧和歉疚还是挥之不去，心底涌起的千言万语最终还是轻轻化成了一句"谢谢"。

夕阳下，大海反射着柔和的阳光，将永眠于水下的许多灵魂悠然怀抱，微微荡漾。

不知道很久很久以后，现在眼前的大海，会不会也变成山。到时候住在山附近的孩子们，玩耍的时候刨开土，是不是也会找到蕴含着先人记忆的化石来。不知道他们是不是能透过化石遥想古人的欢笑以及爱着这欢笑的人的泪水，明白正是因为这欢笑和泪水，他们才得以存在在这世上。

孩子们在叫自己，舟作点了点头，向家的所在走去。

月亮将在今夜九时半升空，明日十时入海，明晚十时后再次升起。

谢　辞

　　四年甫过的初夏，我拿着放射线检测仪，拜访了灾后一直未能重建的那个港口城镇。

　　灾后，灾后一年，灾后三年，我先后拜访过其他受灾的地区，和当地的居民交谈。但在这个城镇，我没有碰到任何当地的居民，只有穿着防护服的工作人员用起重机默默地将一袋又一袋的核污染物堆积在一起。警备员也穿着防护服，在远处看护着清理现场。

　　杂草丛生中，只剩混凝土地基沉默伫立。我穿过曾经的街道，来到岸边，从这里眺望"光区"。阴云不散，昏暗的天空下是一片死寂的茫茫大海。因为地层下陷，波浪不断冲刷着栈桥。我伸手掬起涌过来的海水，起誓一定要写点什么出来，如今，也不知算不算信守了誓言。一切只能与我的感激之念，一并交与帮助我写下这个故事的人们。

《文艺春秋》的各位编辑对我和这个故事给予了很多支持，其中大岛由美子女士一直满怀热情地陪我各处奔走，武田升先生促成我动笔并提供给我写作的场所，笹川智美女士帮我搜集资料并与我一起去现场调查，荒俣胜利先生长期予我关照。我谨在这里对他们表示感谢。另外，管理和营业等岗位上的各位成员也为拙作劳心费神，像香田直子女士一直在尽力推介拙作，关口圣司先生将拙作精心装订成书，还有一些成员专门为我检查书稿中对潜水和灾后现场的描述，校对人员为我检校稿件，订正舛误。在此，也谨向他们表示感谢。

这篇小说在杂志上连载的时候，日置由美子女士精心为之画了很多插图，时而使读者为之震撼，时而使读者得以慰藉。在此，向她表示诚挚的敬意与感谢。

封面的照片，是我在构思这个故事的时候遇到的。照片里的情景，是一个很重要的意象，我一直将它放在了书桌旁边。照片的摄影师是冈本隆史先生，感谢他准许我使用如此出色的作品。同样地，还要感谢准予我使用权的潜水员，我愿赞美其锻炼出来的身体线条之美。

还有我的家人，他们无疑支持了我的写作，并从精神层面影响了整个故事。这篇作品绝非以我一人之力而成。这一点，我也在此如实记下，以示感谢。

写作过程中许多的偶然和意外，阴差和阳错，最后都反而助益了作品的完成。这一切对我来说都是恩惠，依着这些恩惠的指引，我才得以写成这篇小说。

还有即使身在远方，也不忘时时给我鼓励，提出建议，推动我写作的诸位，请允许我再次表达深深的谢意。

天童荒太